infinite
loop
criminal

時空犯

潮谷験

講談社

Ken Shiotani

時空犯　目次

第一章　時間遡行《そこう》

心について考える。

人は夢を見る。ネコも夢を見るという。それでは植物や微生物に夢は存在するのだろうか。

夢とは、心とは、つまるところは神経節を伝う電流だ。極小の、原始の生物の体組織に微弱な電流が走るとき、その反応を夢と呼ぶべきなのだろうか。


仮定してみよう。「それ」が初めて意思を持ったとき、世界はすでに二つに分かれていた。分かたれた意味も、理由も、「それ」には理解できなかった。断絶の、こちら側と、向こう側。「それ」は手始めに、こちら側の解析を開始した。程なくして判明したことは、「それ」自体がこちら側の世界と一体化しているという事実だった。「それ」は夢の集合体であり、こちら側は夢で敷き詰められた世界だった。

足元を掌握した「それ」は向こう側へと手を伸ばす。「それ」は向こう側の世界に干渉する力を持っていた。

その振る舞いは、知的生命体が「神」と呼ぶ存在に似通ったものだったが、「それ」が知る由《よし》はなかった。

私が「それ」の存在を確信したのは、まだ少女の時分だった。

「それ」は確かにいる。どこかにいる。「どこか」が具体的にどの場所なのかは判《わか》らない。ここではない、どこかであることは確かだ。あるいはその「どこか」自体が「それ」を意味するのかもしれない。

「それ」は私たちの領域に支配力を及ぼしている。けれども「それ」が悪《あ》しき神にあたるのか、善き神と見なすべきなのか、判定する手段はない。

「それ」と接触を図る手段はないものか。

数多《あまた》の数式、山のような論文。私は試行錯誤を重ね、半世紀近い時を積み上げた。

成功報酬一千万円。要説明会出席。応諾を問わず、準備金四十万円支給。

送信されてきたメールと、ネットバンクの残高通知をスマホの液晶で見比べながら、姫崎智《きさきとも》弘《ひろ》は溜息《ためいき》をついた。メールの送信時刻は一時間前、朝の七時。にもかかわらず、すでに四十万円が入金されている。振り込み元の名義はメールの発信者と同じ名前だった。まだ返信さえ送っていないうちから準備金とやらが振り込まれているのだ。

姫崎は殺し屋でもなければ、凄腕《すごうで》のハッカーでもない。京都市内のマンションに自宅兼事務所を構えるしがない探偵稼業だ。その自分に対して、この厚遇は破格すぎる。

詐欺《さぎ》を疑っているわけではない。このご時世、たとえ釣り餌《つりえ》であっても四十万の大金を振り込んでくれるペテン師などあり得ない。脳内に鳴り響く警戒警報は、フェイクではないと思われるからこそだ。この依頼人は、依頼内容を聞かせるだけのために四十万を投げ捨てている。相当な危険と苦痛を伴う依頼であることは疑いようがない。

「しかし、一千万か……」

姫崎はうらめしい思いで天井を見上げた。ぽつぽつ、からん、と床の金ダライに垂れる水滴。梅雨《つゆ》入りを迎えた築三十年のマンションは、近ごろ雨漏りが頻発しているのだ。

「ローン、生活費、事務所移転……」

様々な出費を指折り数えること数時間。結局、姫崎は説明会への出席を決意した。

入念にヒゲを剃《そ》り、新品のワイシャツに袖《そで》を通す。鏡に映る自分自身を姫崎は冷静に判定した。面白みのない顔だ。美男でも醜男《ぶおとこ》でもない。だがこの仕事に向いている容姿だとは思う。仕事に役立つ道具が、私生活では使えないというだけの話だ。

事実、三十五年の人生で、姫崎が容姿を褒められた経験は一度きりだった。

(格好いいですよ。いぶし銀です。つやけしホワイトです)

よくわからない賛辞をくれたのは、一時期、この事務所に入り浸っていた少女だった。屈託のない笑顔を思い出し、姫崎は苦笑する。もう彼女は手の届かない場所に行ってしまった。今になって彼女が出てきたのは、メールの送信者名のせいだろう。

面識のある人物ではないが、その名前を知ったのは、少女と出会ったのと同時期だったからだ。

依頼人の名は、北神伊織《きたかみいおり》。情報工学博士。


空を見上げると、群れになって飛び去るカラスが見えた。ゴミ捨て場では傍若無人《ぼうじゃくぶじん》な黒い鳥も、灰色の空に霞《かす》む影はやわらかい。

ぽん、と足元に触れたものを見下ろすと、キジトラの子ネコが靴にすがりついていた。馴染《なじ》みの野良だが、撫《な》でさせてはくれない。手を伸ばすと、よたよたとアスファルトを駆けて路地へと消えた。

十四時。姫崎は自宅付近の商店街を突っ切り最寄《もよ》りの駅へと向かう。この一帯の古い石畳は目が粗《あら》く、漫然と歩くと足をとられがちだ。不便だが、姫崎にとっては体調を計るバロメーターにもなっていた。引っかからない。本日は体調も気分もフラットだ。植物のような平静さで仕事をこなす形が、探偵の理想だった。

説明会の会場に着いた。京都市東山区《ひがしやま》に官民共同出資で建設された大型研究施設、その四階にある会議室が指定の場所だった。時刻は十四時四十分。予定時刻の二十分前だ。

エントランスで来意を告げ、エレベーターで四階へと向かう。会議室はエレベーターを出て廊下を直進した突き当たりにあった。建物の構造から推察する限り、あまり大きな部屋ではない。

自分以外の探偵にも声をかけているのであれば、顔見知りに出くわすかもしれない、と考えながら姫崎はドアを開ける。

正面にデジタルスクリーン、その前に演壇と長机。まばらな配置で、五人の男女が腰掛けていた。無礼にならない程度に顔ぶれを確かめてから、姫崎も席に着く。

顔見知りが一人、見つかった。しかし予想していたような同業者ではない。相手も姫崎に気づいたようで、目礼を交《か》わす。引き締まった肉体を黒のスーツに包んでいるその男は、二年前、ある殺人事件の捜査に協力した過程で知己を得た京都府警の幹部だった。

合間《あいま》という名前で、階級は警部だったはずだ。副業禁止の公務員が、報酬目当てで説明会にやってきたとは思えないのだが……。

もう一人、知っている顔があった。こちらは旧知というわけではない。姫崎が一方的に憶《おぼ》えているだけだ。グレーの髪を後ろに流し、シックで値が張りそうなスーツを優雅に着こなしている老紳士は、元・経済産業省事務次官の舞原和史《まいばらかずふみ》。現役時代は国会中継でよく見かけた顔だ。

彼ほどの地位にあったものが、一千万円の報酬に釣られてやってくるものだろうか？　頭の中で首を捻《ひね》りながら、姫崎は北神博士が現れるのを待った。

残りのメンバーは、二十代後半くらいと思われるボブカットの女性と、金髪の少年と、眼鏡《めがね》をかけたサラリーマン風の男性の三名。姫崎も含め、共通点の窺《うかが》い知れない組み合わせだ。

予定の時刻まであと十分、これで出席者は全員揃《そろ》ったかと思っていたら、

「ああーしんど、しんど」

息を切らしながら一人の中年女性が入ってきた。小柄《こがら》でやや肥満している。

「やー疲れたわあ。出るときなあ、時計も携帯も、忘れてしもうてん。それで駅からダッシュですわ」

まあええダイエットやなあ、と舞原に話しかけている。知人かと思われたが、「あれ、アンタ、テレビに出てたひとちゃう？」と言い出したので初対面らしい。面倒くさそうなオバちゃんだな、と姫崎は警戒する。舞原はといえば鬱陶《うっとう》しがるでもなく、丁寧に応対している。

「遅刻せんかったやろか。今、何時ですやろ」

「まだ十分ほどありますよ」舞原は腕時計を見せて教えてやっている。

「あー、よかった。あ！　そうそう！　くる途中でなあ、オバちゃん、すごい人と会ってん！」

一人称が「オバちゃん」のオバちゃんって実在するんだな、と姫崎はどうでもいい感慨を抱く。

「芸能人！　ほら、あのかわいい女の子おったやろ！　ナントカいう番組に出てた、なんとかさん！」

何の手がかりも入手できない。

「ああ、名前が出てこおへんわあ。ホラ、ボクやったら知ってるんやない？　今人気の、若い、かわいい子」

今度は金髪の少年に話しかけている。ボク呼ばわりされて、相手は不服そうに唇《くちびる》を尖《とが》らせた。おかまいなしでオバちゃんはまくしたてる。

「ようポニーテールしてて、ほら、英会話の番組で人気になった娘《こ》や」

姫崎はあやうく、立ち上がりそうになった。今の発言でかなり特定することができる。

「ひょっとして、蒼井麻緒《あおいまお》ですか？」

少年が名前を挙げると、オバちゃんはわが意を得たりとばかりに頷《うなず》いた。

「そうそうそうそう！　麻緒ちゃん！　めちゃくちゃかわいかったで！　やっぱテレビに出とる人は違うなあっ」

姫崎は内心の動揺を収めようと必死だった。

京都に戻ってきていたのか。いや、驚くことではない。売れっ子のタレントなんだから、ロケや何やらでこっちにくることもあるだろう。

何を気にすることがある？　もう、自分とは関《かか》わりのない人間だ。

街で顔を合わせたとしても、会釈を交わすか軽い世間話で終わらせる。そんな他人にすぎない――。

頭を仕事モードに切り替えて、姫崎は手帳と鉛筆を用意した。愛用しているメーカーのＨＢ鉛筆だ。とくに高級品というわけではないものの、硬質の手触りが指先に適度な緊張感をくれる。

「蒼井麻緒さんなら」

サラリーマン風の男性が、話題に参加した。

「この説明会にも、参加される予定ですよ」

ばきり、と折れるＨＢ。


十数年前。猛烈に寒かった十二月の京都。仕事で訪れた雑居ビルの裏口で、姫崎は一人の少女に出会った。かたかたうるさい室外機の横に座り込み、青白い顔で歯を鳴らしていた。

「死ぬのか？」

ぶっきらぼうに、姫崎は言葉をかけた。自販機から出てきたばかりのココアを頰《ほお》に押し付ける。拒絶はされなかった。飲み干すと、頰に赤みが戻った。

「ありがとうございます」

立ち上がって、お礼を言う。凜《りん》とした声だ。それなりに育ちのいい子供なのだろう。

現在の姫崎であれば、即座に児童相談所へ通報しただろう。しかし開業間もない探偵は、まだ子供から抜け出したばかりの無分別さを持っていた。

事務所へ連れ帰り、暖を取らせ、食事まで与えた。レトルトのシチューをおいしそうに啜《すす》る無防備な横顔に、俺が悪人だったらとんでもないことになってるぞ、と苦笑する。

父親が再婚しようとしている、と少女は語った。相手の女の人がいやだ。きれいだけど、笑う顔がつくりものみたい。わるいひとだと思う。でも証拠がない。お父さんにも信じてもらえない。とても悔《くや》しい。みんな大嫌い……。

これまで封じ込めていたのだろう。不満、不信、怒りを一気にぶちまけ、言葉をなくしてぜえぜえ泣いている少女に、姫崎は変わらずぶっきらぼうに提案する。

「俺は探偵だ。その女を調べることはできる」

「……持ってない。そんな、お金なんて」

「お前が大人になるまで、待ってやってもいい」

少女の瞳《ひとみ》に輝きが灯《とも》る。過大な期待を与えないよう、姫崎は釘《くぎ》を刺した。

「俺は教師でもカウンセラーでもない。その女がまともな人間だったら、それ以上俺にできることはないからな」

姫崎はボランティアのつもりで少女に手を貸したわけではない。当時、京都市内で一人暮らしの老人をターゲットにした結婚詐欺が頻発していたのだ。手馴《てな》れた詐欺師であれば、自身の所業が認識され始めた段階で稼ぎ方を変える。金を貢がせる相手を高齢者から、配偶者をなくした男性へとシフトしたのではないか、と勘を働かせたのだった。上手《うま》く立ち回れば府警にパイプを築き、業界で名も売れる。

これが、大当たりだった。ほんの短期間尾行するだけで女には情夫がいると判明した。界隈《かいわい》で有名な詐欺師で、複数の愛人を上手に使役して荒稼ぎしているチンピラだった。そこまでたどりつければ話は簡単だ。結婚詐欺師の手がかりをつかみかねている警察に対し、これらの情報を提供すればいい。

麻緒に声をかけてから、たったの一週間。チンピラと結婚詐欺師の女は逮捕され、少女の家庭に平穏が戻ってきた。

姫崎の名は警察に好印象を残し、知名度も上がって顧客も増えた。良《い》いことずくめだ。

しかし後で振り返ったとき、対応を間違えたと思うことがある。

子供を助ける行為自体は善行だ。しかし少女の父親に対しても何らかのフォローが必要だったのではないだろうか？

悪人は逮捕された。しかしそのわるものに騙《だま》され、家庭を壊しかけた父親に対して、子供は従来通りの信頼を抱くことができるものだろうか。子供は、何かにすがらなければ心を保《たも》てない生き物だ。宙に浮いた信頼は、どこへ向かうのか。

（——この俺、ってことになるんだよなあ）

姫崎が自分の迂闊《うかつ》さに気づいたのは、お礼と称して麻緒が食材の差し入れに訪れたり事務所の掃除を申し出たり何やかんやと理由をつけて入り浸るようになった後のことだった。彼女が中学生、高校生になってもそれは変わらなかった。

高校二年生の冬、少女はまっすぐな言葉で姫崎に恋心を告げた。

姫崎にできたのは、法律と常識を言い訳に、なるべく優しい言葉で彼女を拒絶することだけだった。格好悪い大人のやり口だった。

ありがとうございます。出会った日と同じ凛とした声でお礼を口にして、少女は姫崎の前から姿を消した。

父親からの便りで、東京の大学に進学したことは知っていた。数年経《た》って公共放送の英会話番組に見覚えのある顔を見つけたときにはさすがに驚いたが、安心もさせられた。これで遠い世界の人間になった。自分で切り開いた世界で、俺とは関わりなく生きていくのだろう。

だが現在、姫崎の眼前に麻緒がいる。説明会開始五分前。

少女時代の活発な印象を残したポニーテール。ナチュラルメイクのせいか、顔や首筋は十代のころと変わらない瑞々《みずみず》しさだ。ショートパンツにコットンのセーターという素朴な出《い》で立ちは、芸能人というより、地味めの大学生といった印象だ。

会場に入ってきた途端、その目が姫崎をとらえた。

「姫崎さん！」

「姫崎さん……」

「姫崎さん」

三度、名前を呼んだ後、少女の目が潤《うる》む。……いや、もう少女とはいえない年齢だ。だから涙に変わることなく、持ちこたえた。

姫崎は口もきけない。まったく予想外だった。こんな形で再会とは。こんな反応を見せられるなんて。

「え、何なにおにいちゃん、麻緒ちゃんと知り合いなん？」

興味津々の顔で、オバちゃんが顔を覗《のぞ》き込んでくる。姫崎は無難《ぶなん》な答えを捻り出した。

「昔の知り合いです」

言った瞬間、悪戯《いたずら》っぽく微笑《ほほえ》んだ麻緒も口を開く。

「元彼です」

「ええーっ」

オバちゃんと少年の合唱。舞原も愉快そうに目を細め、ボブカットの女も身を乗り出していた。

「姫崎君」合間だけが、真剣そのものの表情だ。

「彼女の年齢で昔ということは……その、条例に」

「誤解です！」

腕を振って必死に否定する姫崎の様子がツボに嵌《はま》ったらしい。麻緒はけたけたと笑い出す。

ああ、くるくる変わる、この表情が厄介なのだ。

「嘘《うそ》です。昔、告白したけどふられたの」

「あー、そらもったいない」オバちゃんが天を仰ぐ。

「化けるもんなあ女の子っちゅうもんは。あ、麻緒ちゃんサインもらえません？　ノートに」

「いいですよー。お名前は？」

「吉永《よしなが》小百合《さゆり》、言いますねん」

ベタベタだ。姫崎にギャグに付き合う余裕はない。

「……ちょっと待った。麻緒……蒼井さんはなんでここにいるんだ」

「オフで、帰ってきたんですよ。昨夜の寝台特急で。夜行列車『いぶき』って知ってます？

一日一便で、高級っぽい調度ですけど、結構お手ごろ価格で」

「交通手段じゃなくてだな」

「蒼井さんには、私から連絡したのです」

サラリーマンが口を挟む。

「自己紹介させていただきます。KDBプロダクションの黒川《くろかわ》と申します」

名刺をホルダーから取り出し、滑《なめ》らかな動作で場の全員に配る。プリントされた肩書は関西営業所所長となっていた。

KDBプロダクションといえば、関西ローカル局を中心に活躍するお笑いタレントを大勢抱《かか》えている芸能事務所だが、麻緒の所属は別だったはず……と怪訝《けげん》に思っていると、

「北神博士から依頼を受けまして。全国区クラスの知名度、かつ、素行に信頼のおけるタレントを呼んでほしいとのことでした。あいにく空いているタレントがいなかったもので、麻緒さんの事務所にお願いしたのです。私も同席するようにとのことで」

「黒川さんは」

ずっと気になっていた疑問を、姫崎は口にした。

「この集まりが何の目的か、ご存じなんですか」

黒川以外の全員が彼の方を向く。推察する限り、彼らも聞かされてはいないらしい。

「私も知りませんが、ただ……様々な分野での、情報収集、伝達のエキスパートを集めたと聞いています」

全員がそれぞれの顔を覗き見た。互いの素性を知りたがっているのだろう。

「それでは自己紹介でもしておきましょうか。博士の到着もまだのようですし」

先手を打ったのは、年の功によるものか、舞原だった。

「舞原和史と申します。数年前まで、経済産業省に奉職しておりました。名刺は、現在リタイヤの身で持ち合わせておりませんので、ご容赦を」

「あー、見たことあると思ったわ！」オバちゃんが柏手《かしわで》を打った。

「あんたアレやろ、賄賂《わいろ》もらって捕まった人やろ」

失礼極まりないが、舞原は涼しい顔だ。

「それは私の後輩ですね。私は幸い、逮捕されたことはありません」

賄賂は受け取ったことがあるような言い草だった。

「そら失礼。私は、えーと、名刺もってるんやけど、どこやったかな、あーあった！　これ、息子がワードで作ってくれましてん、ワード！」

オバちゃんは財布からごそごそと取り出し、皆に配った。姫崎が受け取った分は、少し反《そ》っていた。雑な性格のようだ。

素朴なデザインで、「京都市南《みなみ》区観光業者協会会長　大岩花子《おおいわはなこ》」と印字されている。意外だった。観光都市・京都で協会の会長といえば、軽い地位ではないはずだ。全員がそう感じ、空気が伝わったのか、

「ちがうねん違うねん。会長ゆうても、そんな大げさなものやありません。毎年持ち回りで

な、国や自治体にお願いしたり、文句言ったりするときの顔を選んでるってだけの話やからな。今年はうちが選ばれたってだけやねん。要は、おかざりですわ」

大岩は照れくさそうに両手をひらひらさせる。

「普段は上鳥羽《かみとば》の神社の近くで、みやげ物屋と駐車場と、ラブホテルを経営してますねん」

……どういう取り合わせだ。最後に名刺を受け取ったので、姫崎も流れで名刺を取り出す。

「へえ探偵さんやて！」

案の定、食いつかれた。

「アレか。推理で犯人当てたりできるんか！」

「……そんな格好いいものじゃないですよ。素行・浮気調査……ペットの捜索が通常業務です」

「そう謙遜《けんそん》することもないだろう」

合間が軽い笑みをこぼす。

「姫崎君は、優秀ですよ。彼の情報提供で解決した事件もあるくらいです……失敬、私は京都府警に奉職しております。本日はあくまで私的な参加ですが」

合間は身をかがめ、警察手帳を示した。この数年で、警視に昇進したことがわかった。

「私も姫崎さんのお名前は常々伺っています」ボブカットの女性も名刺を差し出した。

「烏丸芳乃《からすまよしの》と申します。主に女性の多い企業や教育機関を対象に、盗聴器や盗撮カメラの検出を請け負っています」

「……悪いけど僕は名刺なんて持っていない」

金髪の少年は肩をすくめた。

「雷田亜利夫《らいだありお》。一応高校生だけど、セキュリティホールのピックアップでお金をもらってる」

「せきゅりほーる？　なんやそれ、エッチなやつか」

「……ホームページとか、プログラムの不具合のこと」

面倒くさそうに少年は説明する。

「そのままにしてると、ウイルスやハッカーに付け込まれる。だからそういうのを見つけるのが小遣い稼ぎになるんだよ」

「探偵さん、みやげ物屋さん、芸能事務所の人、警察の人、盗聴とかを見つける人、元官僚さん、セキュリティホールに精通した高校生……」

麻緒が指折り数えて言う。

「黒川さん、全員が情報のエキスパートでもなくないですか？」

視線を振られた黒川も首を捻っていた。

「妙ですね。聞いていた話と違います。事情が変わったのでしょうか」

「詳しいことは、博士に訊《たず》ねるしかなさそうですな」

舞原が入り口の方を向いた。

「もうすぐ彼女がやってきます……きっと我々の想像もつかない事情ですよ。私は現役時代から彼女と付き合いがありますが」

舞原の目元が緩《ゆる》む。引退してなお、抜け目のない行政官という印象の残る老人が、一瞬、少年に変わった。

「彼女がもたらしてくれる知識と発見は、いつも驚きに満ちたものばかりです。今回も何を教えてくれるのか……本当に楽しみだ」

「いいか智弘。どの分野でも、素人に名は売れていないが、専門家には一目おかれてる大物がいるもんだ。そういう知る人ぞ知る、ってやつの名前と業績は押さえとけ。話題にするだけで、依頼人から信頼してもらえるからな」

十数年前、この稼業を始めたばかりだった姫崎に、親切な同業者がアドバイスをくれた。その際教えてもらった名前の一つが北神博士だった。

専門分野は仮想通信工学。理論上でしか存在しない、あるいは理論すら確立されていない段階の通信技術を研究対象とする学問だ。それまで存在しなかった通信方法が実社会に導入された場合の人類への影響を推測、分析することで、導入への道標《みちしるべ》を立てる。博士はおよそ半世紀前の時点で現在のクラウドネットワークサービスの隆盛を予期した論文を発表しており、その先見性から、とみに近年評価が高まっているのだそうだ。

姫崎は緊張している。あいにくこのときまで、情報工学の研究者と仕事をする機会には恵まれなかった。

その天才が、自分に何を求めているのだろうか。

現れた北神博士は、両手でデイパックを抱えていた。机の下に置き、少し息をついた。

六十代半ばだが、しわは少なく、整った顔立ちだ。髪は見事なまでに完全な白。シルバーリムの眼鏡から覗く切れ長の眼は、柔和さと厳しさを同居させている。教頭先生のようだ、と姫崎は思う。生徒に愛情は抱いているが、担任は受け持たないので一歩退いたスタンスでアドバイスを与えるプロフェッショナル。勝手に抱いていた、孤高の天才というイメージとは少し外れている。

知性に恵まれ、しかしそこに酔いしれることはなく、凡人に歩調を合わせることもできる世慣れた秀才という印象だ。仕事で付き合う相手としては、こういう人物の方がむしろ手ごわい。

「まずは皆様にお礼とお詫《わ》びを申し上げます」

やや硬い声で、博士は語り始めた。

「私が皆さんにコンタクトを試みたのは、本日の朝になってからのことでした。旧知の方もいらっしゃるとはいえ、こんな不躾《ぶしつけ》な依頼に応《こた》えていただき、大変感激しております」

「興味を惹《ひ》かれたものでね」

舞原がくだけた言葉を返す。

「普段のあなたなら、数日前、数週間前に打診をしてくるはずだ。冷静・完璧《かんぺき》の具現化のようなあなたが、どういう難題に追われているのか、知りたくなった」

「難題です。とてつもなく難題です」

大げさに肩をすくめ、博士は参加者一同を見渡す。

「最初に皆さんに自己紹介をお願いしようかと思っていましたが、もうすでに始めていただいたようですね。待合室まで、談笑が響いてまいりました。早速本題に入ってよろしいかしら」

「ちょっと、待ってください」

大岩が手を上げた。

「あの、私、一千万に釣られて来てしもうたけど、素人ですねん。科学とか物理とかずっと1とか2で、それでもお役に立てますやろか」

「問題ありません」

博士は優しげな笑みを返す。

「そういう視点こそ貴重と考えて参加をお願いしています。むしろ、私の研究内容をよくご存じの方が、混乱されるかもしれません」

舞原に一瞬、視線を与えた後、博士は言葉を継いだ。

「私はこれまで、論文などに発表した研究内容でそれなりの評価をいただいてまいりました。しかしながら、各種媒体でお見せしている内容は、私が半生を捧《ささ》げてきた研究の、付随的なものにすぎないのです」

舞原が、ほう、と呟《つぶや》いた。

「私の研究は、人様には理解していただけないか、嘲笑《ちょうしょう》を浴びるに違いないであろう題材であったため、研究そのものではなく、ついでに獲得したもので学者として身を立てる必要があったのです。このことを他人に漏らすのは今回が初めてです」

「刺激的な話ですな」

舞原が愉快そうに頬杖《ほおづえ》をつく。

「その副産物でさえ、現在の情報工学に大きな影響を及ぼしている……本体の研究とやらは、さらに大きな意義があるものに違いない」

「その内容を、今、お話しします」

決意を込めたような口調だった。姫崎は心の中で身構える。他のメンバーも、オバちゃんでさえ、緊張して見える。

「時間遡行。それが私の研究です」

数秒の沈黙が生まれた。

「ジカンソコウ」烏丸がうわごとのように呟く。

「ジカンはタイム、ソコウはさかのぼるですか」

「それです。言い方を換えればタイムトラベル、あるいはタイムリープですね」

へえ……雷田が感心するように頷いていた。舞原も何かを納得したような表情に変わっている。

「時間は本来、過去から現在、そして未来へと一方向に進むものと認識されています。それが逆行するとすればどういったメカニズムに拠《よ》るものか、どのような作用を及ぼすものか、その理屈を、私は少女時代からひねくり回してきました」

「それほど常識はずれな題材でしょうか」

烏丸が異議を挟む。「時間旅行、過去改変、タイムマシン……大昔から文学や、哲学の材料に使われてきた空想であり思考実験でしょう。明かしたところで、周囲に反発されるとは思えません」

「烏丸さん、違うのです」

博士は首を横に振る。

「私の研究は、空想や推論から始まったものではありません。私が実際に体験した出来事なのです」

また沈黙。

「体験したって」

雷田がおそるおそるという体で訊《き》いた。

「時間遡行を?」

「時間遡行を、です」博士はきっぱりと言い切った。

「初めて体験したのは一九六五年十二月八日のことでした。朝起きて一日を過ごして一夜明けたら、昨日と同じ朝だった。テレビもラジオも、同じ内容が繰り返されていた……小学生の私は狂喜しました。時間を巻き戻す超能力を授かったのだと。しかし見当違いでした。その後も時間の『巻き戻し』は発生しましたが、私の思い通りのタイミングで繰り返されることはありませんでした。数十年の観測と考察の結果、私が得た結論。それは巻き戻しは地球の自転や潮汐《ちょうせき》と同様に、人間の意志とは無関係に起こっている一種の自然現象だというものです」

自然現象。その表現がこれほどまで不自然に聞こえたのは初めての経験だった。

「ようするに、時間はまっすぐ進んでいるのではなく、時々巻き戻るのです。その際、巻き戻し前の記憶は失われてしまう。私だけがある偶然から、その記憶を失わずに済むという幸運に恵まれました。最初の体験から、昨日までの五十三年間で、『巻き戻し』が発生した日は計百十四日。同じ日が巻き戻る回数は最小で一回、最大で五回でした。総計では、二百七十三回です。また巻き戻る時間は、きっかり二十四時間というわけでもありません。短時間で戻ることはなく、大体十八時間から二十八時間くらいで……」

そこまで話して周囲を見渡し、博士は微笑した。

「ふふ、皆さん、お顔に言葉が浮かんでいるようですわ。『可哀想《かわいそう》に、頭を使いすぎておかしくなってしまったのだな』って」

「い、いえそんなことは」弁解する黒川に、博士は微笑を重ねる。

「無理もありません。これまでの観測は、私一人の主観に拠るものですからね。可能性としては、私の脳内で認識を司《つかさど》る分野が故障していることだって否定はできません。そこで」

博士は持参していたデイパックを机の上に置いた。ジッパーを開き、一・五リットルのペットボトルと、紙コップ数組を取り出した。

「依頼の話になります。皆様にも、時間の巻き戻しを体験していただきたいのです」

ペットボトルはラベルがなく、中の液体も無色透明だ。その液体を紙コップに注ぎ始める。程なくして、八つのコップが液体で満たされた。

「この私だけが巻き戻し前の記憶を失わないで済んだ理由について、試行錯誤を重ねた結果」

博士はコップの一つを乾杯の音頭をとるように掲げてみせる。

「生み出したのがこの液体です。皆さんも服用すれば、私同様に巻き戻し前の記憶を保持することができます。そうして私の体験が妄想にすぎないのか、真実なのか証明していただきたいのです」

「時間の巻き戻しとやらが本当かどうかを確認する」黒川が困惑の面持ちで訊いた。

「それだけで、一千万もいただけるのですか？」

「気前が良すぎるのではないか、そう仰《おっしゃ》りたいのですね」

博士はわずかに首を傾ける。

「残念ながらそれだけではありません。続きを聞いた後、皆さんの認識は改まるはずです。一千万円では安すぎる、と」

「ええ、なんかこわなってきたんやけど」

大岩が身震いのふりをした。

「先ほど私は、巻き戻しについて説明しました。昨日までの五十三年間で、巻き戻しが発生した日は計百十四日。回数を総計すると、二百七十三回になったと。申し上げた通り、これは昨日までの数字です。そして本日も巻き戻しが発生しています」

質問のため姫崎は口を開きかけたが、その前に博士はきっぱりと言葉を継いだ。

「本日、二〇一八年六月一日だけで、九百七十八回の巻き戻しが発生しています」

ぐっ、と誰かがのどを詰まらせるような音がした。

「……千回近く」

呟いた雷田に、博士は訊ねる。

「千回近くです。これまで五十数年間で三百回に満たなかった巻き戻しが、本日だけで九百七十八回発生している。私の体験が妄想ではないと仮定した上で、この数字、雷田さんならどう考えますか。異常値か否か」

「なんともいえない」

雷田は抑揚《よくよう》のない声で答えた。

「五十三年間、一回から五回で、最後の一日だけ千回近く巻き戻しを繰り返すパターンなのかもしれない。今教えてもらったデータだけでは、評価できないよ」

「大変立派なお答えです」

心底感心したように、博士は目を大きくする。

「ですが、実際に千回近い繰り返しを経験している私としては、忍耐にも限度というものがあります。だから皆さんをお呼びしたのです」

「まとめると、博士の依頼はこういうことですか」

舞原が人差し指を立てる。

「一つ、巻き戻しとやらが現実に発生している現象なのか第三者の視点で検証すること。二つ、現実だった場合、今日だけ巻き戻しが異常な回数になっている原因究明に助力すること」

舞原の指摘に、博士は頷いて答えた。

「原因について調べようにも、まったく見当が付かないのです……これを自然現象と仮定した場合、発生に関連したメカニズムにエラーが生じているのか、あるいは……」

目を細め、博士は小声になる。

「世界のどこかで、もしかすると宇宙のどこかで、私以外にも巻き戻しを認識している誰かが存在して、巻き戻しを意図的に発生させる技術を入手したのかもしれません」

「そんなん！　悪用するに決まってるやん！」

大岩が叫ぶ。

「九百何回も繰り返したんやったら、なんか、最初のころと変わったりしてへんの。テロとか」

「残念ながら、私の観測できる範囲で大した差異は見受けられませんでした。だからこそ、他分野に所属されている皆さんに助力を乞《こ》いたいのです。象牙《ぞうげ》の塔に籠《こも》りがちな私の視点では見落としてしまう変化。それを、皆さんの周囲から見つけ出していただきたいの」

「私たちは、博士に選ばれた各分野の重要人物ということですか」

烏丸が目を瞬《またた》かせる。

「そんなん、面映《おもは》ゆいわあ。照れるやん」

大岩も窮屈そうに身を揺すった。

「そういう認識で結構です。人選はかなり慎重に行いました。なにしろ千日近く検討する機会があったのですから」

博士は請け合ったが、舞原は意地の悪い笑みを浮かべ、

「ただし、今日中に呼び寄せられる範囲内で、という但し書き付きですな」

「どういう意味ですか」

黒川の問いに、老人は顎《あご》を上げる。

「博士の言う通り、この一日が繰り返されていたとしたらですよ？　この問題を解決できそうな天才が海外にいたとしても、その人物の助けは得られない。巻き戻しを認識するというその薬を飲まなければ、教わった内容を忘れてしまうわけですからね」

「ああ……」

雷田が失望したように下を向く。

「今日一日で集められる程度の人材ってわけか。それ以上かかったら、巻き戻しが起こってしまうから……」

「そこまで卑下されることはありません」

博士がフォローを入れる。

「たとえ猶予が数日あったとしても、それほど顔ぶれは変わらないとは思います。とはいえこ

の事態を打開できそうな人材に心当たりがあれば伺いたいものです。場合によっては、ジェット機で薬を搬送することも考えます」

「すみません。一ついいですか」

言いかけた疑問を、姫崎は投げかける。

「その、巻き戻しを認識できるという薬品ですが、効果はいつまで続くんですか」

「大変いい質問です」

学生の模範解答を褒めるように、博士はアルカイックスマイルを作った。

「厳密に申し上げますと、この薬がすべての巻き戻し現象を把握できるものなのかは分かりません。巻き戻しはもっと頻繁に発生していて、この薬を摂取することで観測できるものはほんの一部、という可能性もあり得ますからね。その点を踏まえた上での話となりますけれど」

躊躇《ためら》いの表れなのか、博士は眉間《みけん》にしわをつくった。

「すくなくとも、半世紀以上です」

「はんせい……」

黒川が枯れ木のような声を出した。

「この薬の主成分は、一九六五年の冬に私が出くわした、ある現象から手に入れたものです。その現象に触れたことで、私には巻き戻しの認識能力が備わりました。それ以来、巻き戻しの観測を続けています」

「半世紀以上ですか……」

姫崎は唸《うな》る。しかし、なおも重大な事実に思い当たった。

「待ってください。時間が巻き戻されるということは、今、薬を飲んでも、その前に戻るって意味ですよね。その場合、薬を飲みなおすのですか」

「飲みなおす必要はありません」

博士は素早く答えた。

「私が『現象』に出くわしたのは正午過ぎでした。巻き戻しを経《へ》て、同日の朝に還《かえ》りましたが、『現象』には二度とお目にかかれませんでした。それでも巻き戻しの認識は続いています」

その言葉の意味を、姫崎は急いで考える。

子供のころ、ブラックホールや星の寿命について思いをはせたような……途方もない恐怖の口を覗き込んでいるようだ。

「つまり、私たちも今日に閉じ込められるという意味ですね。博士と同じように。千回近く繰り返されている今日に……」

「いいえ、今日が終わった後もです」

博士は人差し指を立てる。

「明日も、あさっても、ずっと……千回、数万回、数億回……天文学的回数の巻き戻しが続く日々になる可能性だってゼロではありません」

がしゃりと、誰かが椅子《いす》を乱暴に動かす音がした。

ゆっくりと、博士は首肯する。

「どうです？　一千万円では安すぎる、と思われるでしょう？」

姫崎は周囲を確かめた。合間は無表情、舞原は皮肉めいた笑みを浮かべている。雷田は小声でぶつぶつと呟いており、烏丸はうつむいているので表情は分からない。大岩には今の説明でも不足だったらしく、黒川を捕まえて、「どういうこと？」と訊いている。

姫崎の脳裏に、心理実験、という言葉が浮かんだ。この異様な状況の解釈。これまでの話を真に受けて、薬を飲む人間がどれくらいいるか、あるいはその反応を確かめる実験なのではないだろうか――。

「ちなみにこれは、テレビのフェイク企画でも実験でもありません」

即座に否定された。

「詐欺の片棒を担いでいるわけでも、皆さんをだまして毒を飲ませるつもりでもありません。私は精神に異常をきたしているのかもしれない。それならそれで、はっきりと結論づけたいのです。どうか皆さん、私の深刻な願いをかなえていただけないでしょうか」

一時間待つ、と告げ、博士は会場を出ていった。巻き戻しを認識する薬とやらも持ち去っている。

全員、無言だった。そう簡単に整理できる話ではない。

十分あまり過ぎたころ、麻緒が話しかけてきた。

「ね、博士の話、姫崎さんはどう思いますか？」

「俺は博士と会うのは初めてだからなあ……嘘をついているのか、見抜くのは難しいよ」

少し視線をずらすと、こちらを向いていた雷田と目が合った。

「最初に博士が時間遡行に触れたとき、君はなにか頷いていたね。思い当たる節があったのかな」

「……ぼんやりとだけど」

雷田は面倒くさそうに話す。

「博士の論文とか、研究用のプログラムを触ってると、なんとなくそういう手ごたえを感じたんだ。大きな繭《まゆ》みたいなものの外側を撫でてるような感じっていうのかな。そこに、時間遡行の話はすっぽり入るんだよ」

「なるほどね。舞原さん、あなたも同じような反応でしたね」

「まあ、似たようなものですね」

舞原は目を細める。

「彼女とは、大学の同級生でしてね。初めて会ったころは、ぼうっとして、夢見がちな少女という印象でした。研究分野を聞いたとき、割合まっとうな道を選んだものだと意外に思ったものです。仮想の情報伝達を扱う学問とはいえ、現実に立脚した研究でしたから……今日教えてもらった話の方が、彼女のキャラクターに合っている。しかしまさか、タイムリープとはねえ」

「すくなくとも、博士が我々をかついでいるとは考えないのですね」

「あり得ないでしょう。学者なら、誇りを持っています。専攻分野に関わりのあるところで、不誠実な真似《まね》はしないはずだ」

舞原は言い切った。学者全般というより、北神伊織という研究者を信頼した発言に聞こえる。

「……話がすすんでるとこで申し訳ないんやけど」

大岩が遠慮した風で話に加わる。

「あの薬を飲んだら、私らも巻き戻しの中に入ってまうってことやんな？　夜になって寝たら、また元の朝に戻ってまう。それがいつ終わるかわからへんってことやろ？」

「要約すると、そうなりますね」姫崎は肯定した。

「ただ薬を飲まなくても巻き戻しから自由になるわけではなさそうですよ。気づかないだけでしょう」

「いや、その違いは大きいやろう。この先、何百回、何千回、ひょっとしたら何万回も同じ毎日が続くわけやんなあ」

「永遠かもしれませんよ」

烏丸が可能性を示唆《しさ》する。

「巻き戻しの原因が分からない以上、限りがあるとは決まっていません。老化もしないなら、死ぬこともできない」

「それだったら最悪、逃れるには自殺しかないわけか」

雷田が呟いた。

「……違う。自殺してもだめかも。自殺する前に巻き戻るわけだから」

あらためて姫崎の背筋を、冷たいものが通り抜けた。

「皆さん、真剣に考えすぎではないですか？」

黒川が困惑を露《あらわ》にする。

「巻き戻しなんて起こらない。一千万円いただける。そうなるに決まっています」

「じゃあ、あんたは飲むねんな。薬」

「飲みますよ」

黒川は不安げに言った。

「私が気がかりなのは、本当に一千万円払ってもらえるかという点です。失礼ですが、研究者というのはそんなにお金が入ってくるものなんですか」

「人によります」

舞原は即答した。

「一流の研究者なら、長年の学究人生で鉱脈の一つや二つは掘り当てるものです。その財宝をほいほいと手放してしまうか、かしこく運用して利益を得るかは人それぞれですが、彼女は後者ですよ。今回の報酬程度なら、自由に動かせるでしょう。私は彼女の特許申請を手伝ったこともあるので、その点は保証します」

「それなら、私も飲もうかな」

烏丸が眼鏡を触りながら言う。

「恥ずかしながら、業務拡張に先立つものが必要なので」

「僕もお金は欲しい。それだけもらえたら、やりたいことが色々ある」

世知辛い話になってきた。姫崎も自身を顧みる。自分が資産家であれば、今回のメールも鼻で笑って無視していただろう。多少、お金に困っている人間なら、依頼を受けて当然だ。だとすれば、この中で一番裕福に見える舞原はどう判断するだろうか、と知りたくなった。

「私も飲みます」

元官僚も意志を表明した。

「時間の巻き戻しとやらに、囚《とら》われる危険を考えてもですか」

「危険もあるが、うまみもありますよ」

舞原は真剣な目で人差し指を立てた。

「私は役人として、情報通信の分野に長年携わってきました。その経験から言わせてもらいますが、『知っている』ということは大きな力です。石器時代ならともかく、現代において権力・支配力とはイコール情報収集能力と言い切っても差《さ》し支《つか》えないでしょう。彼女の話が真実なら、他の人間が気づいてもいない時間の巻き戻しを認識できる立場になれる、それだけで魅力的すぎる報酬です」

そういう発想か。感心して、同時に姫崎は我が身を恥じた。自分も情報を飯の種にしている探偵稼業なのだ。そこまで頭を巡らせるべきじゃあなかったか。

「お話を聞いていると、私も飲むしかなさそうですね」

それまであまり発言しなかった合間も同意する。

「情報を重視するのは我々警察も同様です。法や人命に関わる仕事ですから、より重きを置くべきとも言えます。もちろんオカルトや超科学めいた話に飛びつくわけにはいきませんが、一つの哲学として考えるなら」

京都府警の警視は、胸を張り、眉根《まゆね》を寄せた。

「法の番人として、飲まないわけにはいかないでしょう」

「なんや堅い人やなあ」

「堅い仕事をしていますから」

「……そんなら私も飲もっと。皆が飲まへんのやったら言いづらかったけど、一千万は欲しいしなあ。本当かどうかわからへんSFよりも、目の前にある一千万や」

これで出席者八人のうち、六人が依頼の受諾を決めた。残った二人、姫崎と麻緒に視線が集まる。

「私も飲みます」

姫崎は降参のポーズで両手を上げた。

「今皆さんから伺った話を総合して決めました。金銭的理由、職業意識、好奇心……そんな理由です」

「主体性ないなあ」

麻緒が悪戯っ子の笑顔を見せる。

「変わりませんね。流されやすいところ」

「放《ほ》っとけ」

「それじゃあ、私も飲みまーす。皆さんと一緒がいいですから」

気楽な声で、麻緒も賛成した。

「……主体性」

姫崎は呆《あき》れた。

「お前も大して変わらないじゃないか」

「えへへ」麻緒は舌を出す。

こういう奴《やつ》だったよな、と姫崎は過去を思い返した。

「姫崎さんと一緒がいいから」と言われなかったことに微《かす》かな安堵《あんど》を感じながら。


飲み干した液体は、まったくと言っていいほどの無味無臭だった。水の味しかしない。いや、水道水を口に入れた際の、かすかな塩素の臭いすら残らなかった。いったい、どういう理屈で調合された液体なのだろう。

空になった八つの紙コップを眺《なが》めながら、姫崎は考えていた。

「何にも起こりませんね」

麻緒は少し不服そうだ。

「なーんかこう、超能力みたいなものが身につくわけではないんですねえ」

「残念ながら、風景が違って見えたり、スプーンが曲げられたりするわけではありません」

博士も九つ目の紙コップを液体で満たし、口をつけている。危険な薬品ではないというアピールだろう。

「参加者全員が実験に協力してくださることを、心から感謝いたします」

「一人くらいは辞退すると予想したのですが……これはまあ、博士の人徳ですかな」

冗談めかす舞原に目礼した後、博士は少し姿勢を正した。

「では、この時点で報酬の一千万円を支払わせていただきます。補足説明が終わり次第、直ちに振り込みますので、帰宅された後にご確認ください。ただし、これは巻き戻しの発生を前提とした実験ですので、当然巻き戻される度に入金も戻ってしまいます。そのため巻き戻しが発生した後は、直後に前金と報酬合わせて一千四十万円を入金いたします」

なるほど、同じ一日を繰り返しているのだから、報酬の支払いは早めに済ませるべきというわけか。博士の配慮に姫崎は感心する。

「あのう、やっていいことか教えてほしいんやけど……」

大岩がおずおずと手を上げた。

「本当に巻き戻しが起こるんやったら、今日の万馬券とか覚えといて、それで大もうけ！　とかあかんのやろか」

「当然の疑問ですね」

呆れるかと思いきや、博士はまじめな顔で頷いた。

「あいにくですが、観測した限りでは、偶発的な要素の関わる物事の場合、必ずしも巻き戻し前と同じ結果にならないケースがありました。たとえば天気予報の結果や陸上競技の順位は変動しています。ですからギャンブルも……安易に大金を注《つ》ぎこむのはお勧めできませんね」

「そう上手い話、ないってことか」大岩はうなだれる。

「まあええわ。一日で一千万もらえるだけでも儲《もう》けもんやしな」

「他に質問はありませんか？　では解散とさせていただきます。明日の……いえ、次の今日、同じ時刻にこの会場へお越しください」

博士は全員の顔に視線を注いだ。

「巻き戻しが発生しなかった場合は、電話かメールで簡単なインタビューにだけ答えていただければ結構です。一番つながりやすい連絡先を教えていただけますか。この用紙に記入をお願いします」

記入欄が仕切られたA４の紙を博士はデイパックから取り出した。携帯で送ればいいのでは、と姫崎は訝《いぶか》ったが、すぐに気づく。巻き戻されるのであれば、メールは消えてしまう。博士の頭の中に残すしかないのだ。

「巻き戻しの正確な期間について説明します。説明の中で私は今日が繰り返されていると話しましたが、厳密には深夜零時を回ります。深夜一時二十分の時点で時間遡行が始まり、朝の五時三十五分に戻ります。これは、認識の上では一瞬です。不快感や違和感もありません」

博士は姿勢を正し、もう一度全員を見回した。口元はリラックスして弧を描いているが、目は鋭く、理知的に輝いている。

「それでは皆さん、明日の今日、お会いしましょう。私の研究が妄想の産物ではないことを祈ります」


「なんや、半分くらい信じてしもうたなあ」

会場から最寄りの駅へ向かうタクシーの中。肩をこきこきと揺らしながら、大岩は言った。同じ駅へ向かう姫崎と麻緒も同乗している。あいにく渋滞気味で、本来、徒歩十分で済む駅までの中途で十五分が経過している。話題といえば一つしかない。

「学者さんとかあんまり知らんけど、インチキの人には見えんかった」

「ちゃんとしてましたよねっ。ノイローゼにも見えませんでした」後ろ髪のバレッタを触りながら、麻緒も同意する。

姫崎は運転手の様子を窺っていた。この件について、博士から他言無用という指示は出ていない。運転手に聞かれても問題はないだろうと判断して会話に参加する。

「大岩さんも博士とは初対面なんですよね。今回の話、どういう経緯で受けたんですか」

「さっきの会場で聞いたんや。観光協会のイベントでな、特産品の物販やってたんやけど、会場の職員さんから、治験のええアルバイトがあるって。アルバイトどころの報酬やなかったけど」

そういう接点だったか。姫崎は納得する。本当に、手近で集めた人材のようだ。あの複合施設は学術研究以外に、芸能やスポーツ関連の催事でも使用することはあると聞いている。黒川の事務所は関西を拠点にしているので、施設を使う可能性は高い。その際、大岩と同じように誘いを受けたのかもしれない。

(そうなると、博士とまったく接点がなかったのは俺一人、か)

いや、と姫崎は考え直す。博士は、合間警視から自分の話を聞いたのかもしれない。その合間と博士のつながりはわからないが、府警幹部ともなれば碩学《せきがく》と知己を得る機会もあるだろう。

「本当に、ローカルなコネで集められた皆さんなんですね」

麻緒が同じような感想を口にした。

「私なんかが、悪に立ち向かうお手伝いになれるでしょうか」

「悪？　なんて？」

大岩が大きな声を出す。運転手の肩が少し動いた。

「だって、何百回も時間を巻き戻している悪人がいるかもしれないんでしょう。巨悪ですよ。そんなことするなんて」

『けど、博士の話やと『今日』はそんなに変わったりしてへんのやろう？　悪いことしているとは限らへんやろう」

「繰り返すこと自体が悪いことじゃないですか。たとえばですよ？　命にかかわる大手術を執刀するお医者さんとか、ものすごい集中力と努力で成功したことが、元に戻っちゃうわけですよ？　ものすごく迷惑です」

「ああ、そうか。気づかれてないとはいっても、えらい迷惑やなあ。せやけどなんか、普通の犯罪とは違うっていうんかな。時間を巻き戻す悪い奴……なんか言いにくいな、ええ言葉がないやろうか」

麻緒がおでこを指先で撫でる。集中するときのポーズだ。

「時間遡行違反者。タイムイレギュラー」

「しっくりこんなあ。もう一声」

乗り気でもなかったのに、姫崎はよさそうなネーミングを閃《ひらめ》いた。

「『時空犯』なんてどうです」

「……格好良すぎるなあ」

不評だった。

「もうちょっとくだけた感じ。そうやなあ。『時間どろぼう』なんてどうや」

「わっ、大岩さん、それ『モモ』ですか？」

麻緒が飛びついた。確かに姫崎も意外だった。ミヒャエル・エンデの代表作を大岩が読んでいたとは。

「大岩さん、もしかして昔、文学少女だったんですか？」

「失礼な。今も文学少女ですぅ」

眼鏡の位置を直すふりをするオバちゃん。

「……まあ嘘やけど。読んだのは中坊のころでなあ。ほら、作者の名前が格好いいやろう。イキっとった時分やったから。格好つけたかってん。本当に面白かったけどな！」

「あーわかりますわかります。琴線をくすぐりますよねー、ミヒャエル・エンデ。ドイツの人でしたっけ。ミヒャエルって、英語だとマイケルなんですよね。アメリカの作家さんだったらマイケル・エンド？」

「マイケルかー。そらあかんなあ。ミヒャエルやったらなんか大理石のお城に住んでそうな格好よさやけど、マイケルはなあ、ダサい眼鏡かけたニキビ面《づら》って感じや」

脱線が始まった。全世界のマイケルに失礼な話だ。

「車、動かんなあ。あかんわ。私やっぱり歩きますわ」

大岩は財布をまさぐる。これ私の分、と姫崎に千円を握らせた。もう二枚、紙切れを麻緒と姫崎それぞれに渡す。

「それじゃ、お先に失礼しますわ。それ、うちんところのラブホテルのチケット」

「ラッ……！」絶句する姫崎ににんまりと笑う。

「まあ、明日集まることはないと思うけど、またどっかで会ったらよろしくお願いしますわー」

三十分ほどで駅に着いた。麻緒は実家に顔を出した後、明日東京へ帰るという。彼女の家は姫崎の事務所と同じ方向だ。

「姫崎さん、これから事務所へ帰るんですね」

改札にＩＣカードをかざしながら麻緒が訊く。

「他に仕事も入ってないしな」

「事務所って、私がいたときと同じところですよね」

「ああ。最近、雨漏りがひどくなった」

「えーっ、あんなにきれいだったのに。時の流れですねえ」

あの少女が過去を振り返るような年齢になったことに、姫崎は『時の流れ』を感じた。

なぜ事務所の話題を出したのだろう。まさか、これから寄っていきたいと言い出すのじゃないだろうな。

くだらない邪推をしてしまい、危うく到着した電車に乗りそびれそうになる。

車内は割に混雑していたが、麻緒に気づいて騒ぎ出す乗客はいなかった。大都市の無関心か、それとも彼女の知名度ではこの程度なのか。

「麻緒、どうしてタレントになったんだ」

唐突な質問だったか、麻緒は大きな目をさらに大きくした。

「スカウトされたからですよ？」

それは知っている。トーク番組で言っていた。

「そうじゃなくて、どうしてその道を選んだかって意味だよ。お前、堅い仕事に就きたいんじゃなかったか。言ってたろ。大学入って、MBA取るとか、起業したいとか」

「今でも目指してますよ？　ただいま、修士課程の二年目です」

麻緒は両手の人差し指を口元に付ける。どうやらヒゲ、つまりインテリのジェスチャーらしい。

「スカウトのとき、ゼミの教授に相談したんですよ。そしたら断らない方がいいって」

「意外だな。そういう世界、先生方は否定的だと思ってた」

「『一度有名になったら広告料が省ける』って理屈らしいです」

「ああ……そういう発想か」

彼女がどんな業種に乗り出すにしても、新規参入には知名度を得るのが不可欠だ。代表自身が有名人なら、広告塔を立てるコストが省けるというわけだ。名を売る重要さについては、姫崎自身の経験からも頷ける。

「しっかり考えた結果なんだな。安心した」

「安心した？」

麻緒が小首をかしげる。グラビアの一ページみたいなやわらかい仕草《しぐさ》だった。

「お前、危なっかしいところあるからさ。適当なスカウトに騙されて、やりたいこと、見失ったのかと心配してたんだよ。そうじゃなかったな」

「姫崎さん、心配してくれたんですか」

それは当然だろう。長い間連絡をとっていなかった知り合いがテレビに出始めたら、騙されていないか、搾取されていないか気に懸かって当然だ――。

「うへへへ」

にんまりと、麻緒の顔全体がほころんだ。これは、カメラマンには歓迎されない緩み方だ。

「なんだよ、気持ち悪いな」

「だって、嬉《うれ》しいですよ」

「嬉しい？」

「離れてからも、姫崎さんが私を心配してくれてた」

満面の笑みだ。

「それが嬉しいんですよ。すごく！」

体温が、上昇するのを把握する。

こいつ……。

なんなんだよ……なんなんだ。年上をからかって楽しいのか。

違う。冗談ではない。冗談ではないから厄介だ。

言わなくてもいい心の内を、一歩、簡単に飛び越えて満開にする。こいつはそういうやつだった。

そういう眩《まぶ》しさに、惹かれていなかったと言えば、嘘になる。

何度か空想した覚えがある。もし麻緒が自分と同じ年代だったら。出会い方があんな形ではなかったなら。二人の関係は違ったものになっていただろうか。

——そんな状況なら、俺なんか相手にされやしないさ。

何度もたどりついた結論だ。しかし現在、麻緒はある意味で姫崎を追い越した。にもかかわらず、以前と同じように笑ってくれる……。

次の言葉が、出てこなかった。

車内は行儀のいい乗客ばかりで、機械の駆動音が単調に響くばかり。

「懐《なつ》かしいですね、姫崎さん」

「何が」

「あのころも、私が姫崎さんを困らせること言って、そしたら姫崎さん、黙り込んじゃって」

……困らせた自覚あったのかよ。

「でも私もね、そんなに喋《しゃべ》ってばかりが好きなわけじゃなかったから。嫌いじゃなかったです。ああいう時間」

俺も、嫌いじゃなかったよ。

そう言葉に出さないのが、姫崎のくだらない意地だった。

「姫崎さん」

「なんだよ」

麻緒は財布から紙切れを取り出し、流し目をつくる。

「使っちゃいます？　チケット」

「ばーか」


事務所へ戻り、メールの返信や書類の整理、一千万円の振り込み確認といった雑務を終わらせると八時過ぎになっていた。

一息ついて、姫崎は床を見る。雨漏りにあてた金ダライは、長年の水滴を受けて中央が花のような模様に退色している。

それは現実の色だ。本日、見聞きした出来事の異常性を思い返す。

千回近くに及ぶ一日の繰り返し。その事実を証明するために八千万円を放り投げた北神博士。与太話に付き合っている暇はない、と席を立たなかった自分が信じられないほどだ。博士の言葉には熱意が感じられた。自分も含めた全員が、最後まであの会場に残っていたのはそれが最大の理由だろう。

しかし時間をおいて考え直すと、やはりファンタジーだ。

ソファーベッドに横たわり、姫崎は目的のない思考にふける。

時間の巻き戻しが、自由自在だったらどうだろう。自分は願うだろうか。あの日、あの夜からやり直したいと。

苦笑する。ファンタジーと決め付けながら、真剣に考えている。博士の熱が、まだくすぶっているのかもしれない。

高校一年生の春、姫崎智弘は両親を交通事故で失った。即死だった。

結婚記念日の旅行先で、ひき逃げに遭ったのだ。

残された智弘と二歳下の弟は、それぞれ別の親戚《しんせき》に引き取られた。いずれの親族も裕福な暮らしぶりだったため、成人まで援助を得られた点は幸いだった。現在、弟は宇治《うじ》で市役所勤め。智弘もまあ一応は、社会人としてなんとか日々を過ごしている。

自分は薄情な人間だと、姫崎はつくづく思う。

普通、博士の説明を聞いた時点で、すぐに考えそうなものだ。時間を思い通りに巻き戻す方法はないものかと。あの日に戻って、両親に旅行を控《ひか》えさせるか、車に気をつけるよう忠告できないものかと。

しかし姫崎がそれを思いついたのは——たった今のことだ。

両親には、愛情を持って育てられたと断言できる。しかしその愛は、もう、あの時点で充分だったとも思うのだ。人間の器を形作るのに必要な栄養は、もう隅々《すみずみ》まで行き渡っていた。だからあの夜を生き延びたとしても、姫崎に及ぼす影響という意味で以後、両親の存在は重要ではなかったかもしれない。酷薄な表現を使うなら、両親は、もう姫崎にとって用済みだった。

愛情も、人間関係も変化するものだ。年月を重ね、両親と自分の関係が望ましくない形に変容することもあり得ない話ではない。

(俺は、クズなのだろうか)

解答のない自問自答に飽きた姫崎は、思考をずらしてあの日の細部を思い出そうと努《つと》めた。春先にしては寒い夜だった。それ以外、何も浮かんではこなかった。睡魔が邪魔をしている。睡魔のせいにしたい。

スマホの振動音に、手を伸ばす。宙を引っかいた右手は、最終的にポケットの中を探り当てた。ソファーで転《うた》た寝をしていたようだ。どれくらい眠っていただろう。ディスプレイに浮かぶのは麻緒の名前だ。慌てて姫崎は時刻表示を見る。深夜一時十五分。まだ、博士の予告した巻き戻し開始時刻ではない。

「姫崎さーん、起きてましたかー」

「麻緒、お前こそ寝ぼけてないか」

体を起こし、姫崎は不機嫌な声を出す。

「一時二十分だったろ。巻き戻しとやらが起こるらしいのは」

「やだなあ、覚えてますよ。だ・か・ら！」

深夜の脳にはきついテンションだ。

「カウントダウンしましょう！」

どうでもいい。

「なあ麻緒」

「二百六十九、二百六十八、二百六十七……」

「もし時間の巻き戻しが一日だけじゃなく、お前の好きにできるならどうする？　お前なら何をやりたい？」

「二百四十六。そうですねえ。十年巻き戻してビットコインを買います」

身も蓋《ふた》もなかった。

「ああ……そうだよな。その手があったか。賢いな、お前」

「百九十八。ばかにしてます？　お金は大事ですよー。百七十二、百七十一」

そうだな。姫崎は黙る。簡単な話かもしれない。これまで自分自身を単純で、割り切りの得意な性格と評価していた。

だが実際のところは、面倒くさいロマンチストなのだろうか。

「六十七、六十六。あのね、姫崎さん」

麻緒の声が、ワントーンおとなしくなった。

「大丈夫ですよ。三十二。姫崎さんは、自分で思っているより、大丈夫な人です。二十七、二十六」

「はあ？　どういう意味だよ」

自分でも滑稽《こっけい》なくらい、焦る。一回り年の離れた小娘に、見透かされ、励《はげ》まされた。

「十五、十四、十三、十二」

「おい、無視するな！」

「五、四、三、二、一──」

そして、九百八十回目の六月一日が始まった。

第二章　二〇一八年六月一日（九百八十回目）

善悪について考える。

この試みは、手放しで正しいと言える行為だったろうか？

私は研究者だ。探究こそが己の本分であり、そのために人生を費やしてきた。

同時に、学究に邁進するがゆえの傲慢さも自覚している。あらゆる人間にとって、知識の獲得が幸福であるとは限らない。

この六月一日が無限に近い回数まで繰り返されたとき、彼らは、地獄のような時間の中で世界のあらゆる事象を理解することを強いられるはめになる。結果、彼らの精神は変調をきたし、六月二日を迎えたとしても、五月三十一日の彼らとは別物になり果てているかもしれない。

それを承知の上で、彼らに私は薬を薦めたのだ。

私は、自分を悪質な科学者であるとは思いたくない。

しかしながら、科学そのものに傲慢さと悪が宿っているとしたら、私は、私自身を断罪できるのだろうか？

空を見上げると、群れになって飛び去るカラスが見えた。ゴミ捨て場では傍若無人な黒い鳥も、灰色の空に霞む影はやわらかい。

ぽん、と足元に触れたものを見下ろすと、キジトラの子ネコが靴にすがりついていた。馴染みの野良だが、撫でさせてはくれない。手を伸ばすと、よたよたとアスファルトを駆けて路地へと消えた。

十四時。姫崎は自宅付近の商店街を突っ切り最寄りの駅へと向かう。この一帯の古い石畳は目が粗く、漫然と歩くと足をとられがちだ。不便だが、姫崎にとっては体調を計るバロメーターにもなっていた。引っかからない。本日は体調も気分もフラットだ。植物のような平静さで仕事をこなす形が、探偵の理想だった。

（なるほど、気持ちが悪いな）

数秒に一度の割合で、姫崎は違和感に襲われる。デジャブ、既視感というやつだ。旅先や会話の端々《はしばし》で、以前も同じ状況に出くわしたような錯覚に見舞われる現象。しかし、正確に言えばこれはデジャブとは異なる。実際に体験した出来事なのだから。昨日……いや「今日」の同時刻、同じネコを見かけ、同じように逃げられた。

思考ってやつは、状況に引きずられるものなんだな、と姫崎は感心する。これが繰り返しであることを理解していても、同じ場面に出くわすと同じ感想を抱いてしまう。それが頻繁すぎて不快だ。

ファンタジーではなかった。

北神博士は妄想家でも詐欺師でもない。ありのままを語ってくれたのだ。

驚天動地。今なら上空に空飛ぶ円盤を見つけても、「ああ、そういうこともあるよな」と流してしまいそうだ。こんな事態を一応は受け入れて、平然と分析している自分は、ひどい常識はずれなのか。

前回と同じ行動をとったはずなのに、説明会の場に五分ほど早く着いてしまったのは、この困惑を早く共有したかったのかもしれない。

廊下を歩いていると、会場のドアから話し声が漏れてきた。皆も同じ心理かと考え、安心する。

「びっくりやわ。もうびっくりやわ。ほんまびっくりやわ」

会場に入ると、大岩が雷田の肩をばしばしと叩《たた》きながら、驚きを全身で表現していた。雷田の迷惑そうな表情もお構いなしだ。

「あ！　探偵さん！　時間、巻き戻ったで！」

知っている。

「まだ確定じゃない」

雷田が異を唱えた。

「巻き戻ったと錯覚するような記憶障害かもしれない。そうなる薬を飲んだのかも」

「疑い深いなあ、ボク。あれか……疑い深い子か！」

そのままだ。

「可能性を言っただけ。僕も八割くらいは信じてるから」

雷田は腕を組み、観念したようにのけぞった。机の上にノートパソコンを開いている。

「WEBニュースも、株式の動向も、前の六月一日とほとんど同じ……海外のニュースも確認した」

「全部、つくりものってことはないでしょうか」

麻緒が話題に加わった。昨日……いや、前の今日の現時刻ではまだ会場に来ていなかった麻緒と大岩がすでに到着している。代わりに、合間が不在だった。

「あり得ないでしょう」舞原が否定する。

「チャンネルが限られているテレビ番組ならともかく、無数にあるネットのあらゆるサイトにフェイクを仕込むなんて、ほとんど不可能ですよ」

「それじゃあ、本当にタイムリープが起こってるんだ。なんか、気持ち悪いなあ」

麻緒は指先で前髪をしきりにいじっていた。動揺のサインだ。面白がってカウントダウンなんかしていたくせに。

カウントダウンの直後、姫崎は暗闇《くらやみ》の中にいた。明かりを点《つ》けて、自分がいつの間にかパジャマに着替えていると分かる。ソファーベッドの中にいる自分の位置が、微妙にずれていた。

そこまで現状を認識したところで、巻き戻しが本当に発生したのだとようやく理解した。己の呑《の》み込みの悪さを罵《ののし》りながら、枕元《まくらもと》のスマホを探す。

スマホの表示は、聞いた通り、五時三十五分を回ったところだった。日付は六月一日。前の六月一日に、姫崎が起床したのは七時過ぎだったが、今はこの時間に目が冴《さ》えている。どういう理屈だろう。意識、記憶を保持したまま前日に戻るのならば、覚醒《かくせい》状態で巻き戻しが始まったら巻き戻し後も目が覚めているということになるのだろうか。なんだ、結構冷静に分析できているじゃないか、と自分を褒める。予告されていたとはいえ、非常識な事態が発生した直後なのだ、さっきは卑下しすぎたかもしれない。

スマホが振動した。ディスプレイには電話番号のみで相手の名前はない。巻き戻し前に教えてもらった麻緒の番号だ。麻緒も、姫崎も数年前に機種を変更した際、番号が変わっていたので、新しい番号を交換したのだった。その番号を覚えている。しかし携帯電話には登録されていない。本来なら、まだ彼女と再会さえしていない時刻なのだ。

「姫崎さーん……」

回線の向こうの麻緒は、泣きそうな声だった。勝手なものだ。とはいえ、動揺するのは無理もない。

早速姫崎は、ネットバンクで残高を確認する。一千四十万円。早くも入金されていた。

「皆さん、巻き戻し直後はどうでしたか」

姫崎は自分の状況を思い返した。

「俺の場合、着ていたパジャマも寝ていた場所も最初の夜と同じに変わっていました」

「私も。寝巻きや寝てたところは、確かに戻ってたわ」

「意識はどうでしたか、俺は最初の五時三十五分は熟睡していたのに、二回目は目が冴えていました」

「あれ、私は寝てしもうてたわ。七時くらいまでぐっすりやった」

「巻き戻る直前はどうでした？　俺は一時二十分になる前は起きてたんですけど」

「ああ、私は寝てた。その違いなんかなあ」

「興味深いですな」

舞原も分析に加わる。

「あの液体を飲むと、巻き戻し前の記憶だけでなく、メンタルのコンディションも保持されるというわけですか」

「皆さん、よくそんなに落ち着いていられますね」

黒川がこぼす。

「私はもう、ショックでショックで。これは人生観に関わる問題ですよ」

立ち上がろうとしてバランスを崩し、よろめいた。

「私は芸能事務所で、アイドルの売り出しというか、プロデュースのような仕事も手がけています。その子たちに言い聞かせているんです。人生は一度きり。ファンとの出会いも一期一《いちごいち》会《え》。そして、同じセットでも、ステージは毎日違うものだから、一瞬一瞬を真剣に歌い、演じるべきだって……ところが一度きりじゃなかった……」

「それはまあ、いいじゃないですか。事実はそうでも、精神的な意味は違うってことで……」

烏丸がよくわからない慰めを入れる。

「こういうの、実際に起こったときにどれくらい気持ちが揺れるかでまじめさがわかるのかもしれないですね。私、結構いい加減かも」

「そういえば、刑事さん、まだ来てないなあ」大岩が入り口を見た。

「あの人お堅い感じやったから、ショックで倒れてるかもしれへん」

そうでもないですよ、と姫崎は心で反論する。別件で知り合った際、合間は部外者である姫崎の意見を真剣に聞き入れてくれた。むしろ柔軟性は警察官にこそ不可欠ではないだろうか。

と、つられて入り口を見たとき、入ってきた合間と目が合った。

一目で姫崎は異常事態を察した。

いや、時間が巻き戻ったのだから、間違いなく異常事態であるのだが――それとは別の何かが発生している。

刑事の表情が、硬い。じつは、合間と再会した際、姫崎は彼が柔和になったと感じた。知り合ったころの合間に比べると力が抜けた様子に見えたのだ。

警視に昇進したことで緩んだのかと訝ったが、見当違いだった。職務中ではなかったからだ。そして今、合間の全身は捜査に従事しているときの迫力に満ちている。

「皆さんにお詫びを申し上げます」

巻き戻し前の北神博士と似た台詞《せりふ》を、合間は口にした。

「常識に鑑《かんが》みて、信じがたい現象の発生……まだ混乱が収まらない方もいらっしゃることでしょう。遺憾ながら、ここで追い討ちをかけることになります。どうか、落ち着いて聞いてください」

予告して、刑事は爆弾を口にした。

「北神伊織博士が亡くなりました」


その言葉の衝撃を、姫崎は比較的穏《おだ》やかに受け取ることができた。合間の表情の変化から察しがついたということもある。今回のメンバーでは博士と関わりの少ない一人だったため、他の面々の反応を窺う余裕さえ持っていた。姫崎の見るところ最もショックを受けていたのは、博士と数十年の交流があるという舞原だった。

「死んだ」

「彼女が……伊織が」

呟いて、視線は彷徨《さまよ》っている。姿勢が、表情が、徐々に崩れ落ちる。めくれていくようだ、と姫崎は思った。舞原が高級官僚として長年培ってきたポーズ、虚勢、ポーカーフェイス、見せかけの姿……そういう鎧《よろい》が、親しい人間の死によって剝《は》がれ落ちる様を目の当たりにしているのだ。姫崎はこのまま老人が気絶するのではと慮《おもんぱか》った。

しかし、続けて出たのは力強い言葉だった。

「殺されたのですか」

緊張が走る。合間と舞原を除く全員が、近くにいたメンバーに一瞬、視線を移した。

「警察では、そのように見ています」

合間の声も重い。

「いや、他人事《ひとごと》のような表現はやめましょう。私がそう見ています。この事件は、私、合間由規《よしのり》が責任者となります。本来、警視の階級にある者が個別の殺人事件の陣頭指揮をとるケースは稀《まれ》ですが、今回は無理を通しました。この事件は博士の研究が関連していると思われますから。時間の巻き戻しという出来事を、実感している人間でなければ務まらないでしょう」

合間は言葉を切って、一同を見据えた。現状を消化するよう促《うなが》しているのだ、と姫崎は解釈する。

「対外的には、皆さんはまだ、博士の研究を聞かされていない体でお願いします」

ややこしい。繰り返しを憶えていなければ、そういうことになるからだ。

「それは承知しましたが」

舞原が苦しげに言葉を吐《は》き出した。

「教えていただきたい。彼女は、どうやって殺されたのです」

「気分が悪くなった方はいらっしゃいませんか」

合間は一同を気づかい、問題なさそうと見なしたのか、続ける。

「死因は失血死です。本日正午過ぎ、地下鉄十条《じゅうじょう》駅近くにある自宅マンションのエントランス前で倒れている博士を清掃業者が発見しました。正式な検死の結果はまだ出ていませんが、鑑識の見立てでは死後一時間は経っていなかっただろうとのことでした。創傷は右脇腹《わきばら》に一ヵ所。アイスピックのような鋭利な刃物で一突きされたものと思われます」

「目撃者はいなかったのですか」

重ねて発した舞原の問いに、合間は首を横に振る。

「現在も近隣の聞き込みを続けていますが、まだ情報は入りません」

「同時に博士と交友関係のあった方々にも、聞き取りを開始しています。皆さんもその中に含まれますので、申し訳ありませんが、少々お時間を……」

「刑事さん、回りくどいわ」

大岩が机を両手で叩いた。顔が赤く上気している。

「ええやろ、そんな遠まわしに言わんでも。博士はいうてた。時間の巻き戻しが九百七十何回も起こってるって。それを止めたいから、私らを一千万で釣って、薬飲ませた。それからもう一度巻き戻しが済んで、そしたら博士が殺されてた。そんなん、丸分かりやんか」

体を三百六十度、ゆっくり旋回させ、最後に震える声で言った。

「いるんやろ。うちらの中に。これまで時間を巻き戻してた奴が。そいつが博士を殺したんや」

「その可能性は、ないとは言えません」

合間は役人じみた表現を採った。大岩は不服そうに頰を膨《ふく》らませる。

「いや、それしかないやろう。博士はそれまで秘密にしてたことをばらして、その途端に殺されたんやから」

「博士がこれまで誰にもこの件を口外していなかったか、確認することはできません。どなたかの口から他者に伝わったとも考えられます」

合間は見解を崩さない。そういえば、と姫崎は思い返す。巻き戻しの事実について、とくに博士から緘口令《かんこうれい》は敷かれていなかった。外部へ情報が漏れる懸念は抱いていなかった――つまり「時空犯」に殺害される想定はしていなかったということだろうか？

「とにかく、皆さんだけに照準を絞るわけにはいきません」

合間はこのメンバーが容疑者の枠内にいること自体は否定しない。姫崎の知る限りで、合間という刑事は駆け引きを多用しない男だった。あるいは、駆け引きをしないという駆け引きを好むのかもしれない。

「情報は、皆さん以外でも拾うことができる」

少し黙った後、合間は可能性を述べた。

「犯人が盗聴器の類をこの会場に仕掛けていたとも考えられます」

「それはあり得ません」

烏丸が否定した。これまでで一番大きな声だった。

「確認しましたから。私は一番早く会場に入って、盗聴と盗撮の検知器を起動させていました。スマホ用のジャマーも設置していましたから、会場からはメールも送れなかったはずです」

合間の目に興味の色合いが灯る。

「烏丸さんは、盗聴・盗撮などの検知をお仕事にされていると伺っています。北神博士から依頼があったのですか」

「……職業上、守秘義務を行使すべきでしょうが、場合が場合ですね」

烏丸は大儀そうに肩を揺らした。

「ありました。説明会への出席依頼と同時です。理由については、すこしデリケートな話をするから念のため、という話だけで」

「盗聴の心当たりについて言及はされなかったのですね」

「されませんでした。私は電話で連絡いただいたのですが、具体的に誰かを疑っている口ぶりではありませんでした」

「じゃあやっぱり、この中に犯人がいるってことやないの」

大岩が話題を戻す。

「人、殺しといて何食わん顔でここにいるわけやな。寒気するわ」

「待ってください。むしろ、この中にはいないという結論になるのでは？」

姫崎も口を挟むことにする。

「盗聴の検知を依頼するということは、この会議室の外を警戒していたのでしょう。その場合、出席メンバーは疑っていなかったという意味になる」

「せやけど、今回の話を聞かんかったら殺す気にはならんやろ」

「犯人は、以前から博士の研究内容を知っていて、動向を監視していたのかもしれません。博士が今回のメンバーを集めた時点で、博士の目的に当たりをつけ、自身に不利な知識を拡散させないよう、手を打ったのかも。実際は我々に薬を飲まれてしまったので、後手に回った結果になりますが」

「理屈には合うなあ」

大岩は腕を組み、下を向いた。「何や、丸め込まれてる気もするけど」

「確認させてください。烏丸さんと同じように、今回の件に関連すると思われる依頼を受けた方はいらっしゃいませんか」

合間は手帳を構えた。

「……関係ないかもしれないけれど」

雷田が手を挙げた。

「一週間前に、博士から新設したっていう演算システムの精査を依頼された。ウイルスやスパイウェアへの耐性はどうかって。問題はなかったけど」

「そのシステムというのは、どういったものですか」

「ちょっと待って。説明が難しいな……ええと、ようするに」

思考する時の癖なのか、少年は机を丸く撫でた。

「たとえば空から、ジャムの塊《かたまり》が降ってくるとする」

「……想像が難しいのですが。どういう状況ですか」

「意味は考えないで。とにかく、普通のスーパーで売っている一人分くらいのジャムが塊で落ちてくる。地球上の、どこに落ちるかは分からない。南極かも、ジャングルかも、砂漠かもしれないけれど、どこかに落ちたジャムは、偶然、通りがかった人間の目に留まって、その人は指に謎《なぞ》のジャムを塗りつけた」

雷田は人差し指をくるくると動かした。

「これが前提。こういうことが起こると仮定した上で、次に何が起こるかを予測する。そういうシステム」

一同、狐《きつね》につままれたような表情をしている。ある意味、巻き戻しの件より雲をつかむような話だった。

「……それは計算できるものなのですか」

合間はまじめに聞き入っていたようだ。

「設定によるかな。条件が自由すぎるから、色々縛りをつくることも組み込まれてる」

合間は忙《せわ》しげにペンを躍らせている。「謎のジャム」だのまじめに書き込んでいるのだろうか。

「その予測をすることで、博士は何をされたかったのですか」

「聞かされてない」

雷田はかぶりを振った。

「えぇー、気になるやん。なんで教えてもらわへんかったん」

「僕の仕事はそういうものだから」

唇を尖らせる大岩に、雷田はそっけない。

「先に言ったでしょ。関係ないかもって。一週間前の話だから、今回の件とは別だと思うよ」

巻き戻しの発生が異常値を示したのは今日になってからだから、それまで博士は巻き戻しに関して問題視はしていなかったはずだ。博士が雷田にした依頼は、殺人とは無関係かもと示唆しているのだろう。

「他に、依頼を受けた方はいらっしゃいませんか」

合間は一同を見回したが、手を挙げる者はいなかった。

「いらっしゃいませんか？　ではもう一点、教えていただきたい。博士が殺されたと思われる本日午前十一時から正午までの間、皆さんはどちらにおられましたか」

「疑ってるやないか！」大岩が大声を出した。

「大変恐縮です」

あまり恐縮していないような鉄面皮で合間は詫びた。

「皆さんだけを疑っているわけではありません。不在証明がとれることで事件とは無関係と証明された方を捜査対象から除外する。そういった地道な作業の一環とお考えください」

「常套句《じょうとうく》すぎるわ……」大岩は観念したように肩をすくめ、「その時間、私は家におりました。言うたかもしれんけど、家は上鳥羽にあります。残念やけど、旦那《だんな》も子供も仕事行ってたから、証明してくれる人はいません」

大岩を皮切りに、他の面々も状況を語り始める。この期に及んで、捜査に非協力的な者はいなかった。

烏丸。「私は、久世《くぜ》にある事務所で業務用の機材を整備していましたね。ただ、それを証明してくれるスタッフはいません」

続いて雷田。「僕もマンションで一人暮らしだから、誰も証人はいないな。仕事のプログラムを、ずっといじってた。あ、マンションは墨染《すみぞめ》の辺りね」

「私は家で仮眠をとっていました。昨夜が遅かったもので。自宅は叡山《えいざん》電鉄の宝《たから》ヶ池《いけ》の近くです。誰もいません」と、黒川。

「うーん、タイミングが悪い……」腕組みして麻緒が言う。

「私、今朝は丸太町《まるたまち》の実家に戻ってまして、普段は叔母さんがいるんですけど、今日は私一人だったんですよ」

「私も一人でした」うつむいた状態で、舞原も述べる。

「北山《きたやま》の自宅で昼食をとった後、読書をしておりました。じつは十一時から友人と会う約束をしていたのですが、先方の都合で朝八時に変わったもので、これは間が悪い」

笑おうとして失敗したように唇を歪《ゆが》めた。

姫崎もまた、朝から一人で人目に残るような行動はしていないと説明した。

「うわ」雷田が嘆息する。

「アリバイ、誰一人として成立しない……」

姫崎にとって、とくに驚く結果ではなかった。犯行現場だという博士の自宅は、交通の便が非常にいい。地下鉄は京都市内の各所で私鉄やバスと連絡しているため、基本的に市街地在住であれば、一時間以内にたどりつくことが可能だ。つまり誰の目にも触れない状態が一時間以上続いていればそれだけでアウト。安全圏外へ逃れることはできない。

「捜査対象、除外できひんやん」

大岩が恨めしそうにこぼす。

「そうですね」

合間に落胆した風は見られない。

「ちなみに私のアリバイも未成立です」

公平を期すためか、合間も自身のアリバイが存在しないことを告白する。西大路《にしおおじ》の自宅でテレビを見ながら昼食をとっていたとのことだ。

「これ以上、皆さんを拘束するわけにはいきません。私が言うのも妙な話ですが、これで散会とさせていただきます」

合間は電話番号とメールアドレスを記したカードを、全員に配った。

「何か思い出したことがありましたら、こちらへ連絡をお願いいたします」

「なに、みんな野放しにすんの？」

大岩が椅子をがたがたと揺らす。

「困ります」

黒川も気ぜわしげにひざや肩を上下させた。

「危ないじゃないですか。犯人と、私たちだけが巻き戻しを認識できるのでしょう？　私たちも狙《ねら》われるかもしれない。いや、狙わない方がおかしいくらいだ……」

「それはご心配なく。各々の、ご自宅周辺を警護させていただきます」

「皆さん、少しいいですか」

舞原がよく通る声で皆の注意を惹いた。彼の表情を見て、姫崎は驚いた。

戻っている。数十年来の友人を失ったことで剝がれ落ちていたはずの見せかけを、再びまとっている。不敵さ、ふてぶてしさ、鷹揚《おうよう》さ……国会中継で何度か目にした「手ごわそうな」舞原和史が復活しているのだ。

ものの数分で、友の死を乗り越えたのだろうか。姫崎は心の中で称賛しながら警戒の壁を厚くする。

「警察の方の見立てに逆《さか》らうようですが、私は、この中に博士の殺害犯が混ざっていることもあり得ると考えております」

告発や、非難を表明する顔ではない。むしろ冷静さを留《とど》めた顔だ。

「何のために、私の友人を手にかけたのか。これは明瞭《めいりょう》でしょう。巻き戻しの技術、並びに巻き戻しを認識する薬品の秘匿と独占のためです。おそらく犯人は、何らかの目的があって巻き戻しを繰り返している。同じ日付を千回近く体験するというのは、余程の事情があるとしか思えない。人を殺すことすら厭《いと》わないほどの深刻な背景を抱えているのでしょう。そこで、この中にいるかもしれない犯人に、私は呼びかけたい」

舞原は立ち上がり、軽く一礼した。就職活動のような大げさな角度ではない。だが均整の取れた、まるで不快さを感じさせない動作だった。

「名乗り出ていただけないでしょうか。どういった事情があるのか、それを明かしてもらえませんか。その上でもう一度、今日を巻き戻していただきたい」

数秒。誰も微動だにしなかった。

「教えていただければ、私の全身全霊をもって協力いたします。人脈、経験、金銭……たとえ時間を巻き戻すことのできる天才であっても、容易には得られないものを提供できるはずです。あなたの目的を達成するための大きな助けとなるはずです……」

ものすごい自負心だ、と姫崎は感心する。不思議と反感は覚えない。傲慢《ごうまん》ではなく、事実を話しているように思われたからだ。

「そうしてもらえるなら、私たちはあなたを許しましょう。警察も、殺人の罪を問うことはないはずです」

「舞原さん、勝手に決めてもらっては困ります」合間が異議を唱える。

「許す、許さないの問題ではない。罪を犯した者はそれを償うべきです」

「罪ですか。しかしその罪自体が消滅するのですよ」舞原は挑発するように顎をのけぞらせる。

「巻き戻してしまえば、博士は生き返り、殺人自体がなかったことになる」

「それは、そうかもしれませんが……」

言葉を途切れさせながらも合間は不服そうだ。法の番人。秩序の守り手。その矜持《きょうじ》が、時間巻き戻しという異常事態に揺らいでいるのだろうか。

「事情によりけりじゃないですか？」

烏丸が口を挿《はさ》む。

「大規模なテロとか、災害とか、それこそ世界滅亡レベルの出来事を食い止めるような目的だったら……同情の余地はあるし、協力してもいいと思いますよ」

「仰る通りですな。とにかく、聞かせていただきたい。あらためてお願いします。名乗り出て、巻き戻しの目的を教えていただけませんか」

瞑目《めいもく》して、舞原は反応を待つ。前よりも長い、沈黙。

何も、起こらなかった。

「残念です。信頼していただけなかったようだ」

舞原は悲しげに首を振り、肩を震わせた。

複合施設の一階。喫茶店で、姫崎は麻緒と向かい合ってパフェを食べている。

なんとなく、後ろめたい気持ちだった。甘いものは嫌いではない。ただ、パフェというデザートをこういう状況で食べているのは不まじめに思われてならない。しかし、どういう状況ならパフェがふさわしいのかと問われると、これも悩ましい問題だ。

「待たせてすまなかった」

合間が現れたのは、解散してからおよそ三十分後だった。全員、会場を後にした直後に姫崎の携帯にメールが送信されてきたのだ。姫崎と、麻緒の三人で相談したい事柄があるという。

「蒼井さんも、お時間をとらせて申し訳ありません」

「大丈夫ですよ。今日はずっとオフですから」

合間の気遣《きづか》いに麻緒は微笑みを返す。

「相談って、あれですね！　スパイですか！」

「声が大きい」

姫崎は麻緒を睨《にら》む。店内は適度に客が入っていて、小声で話せば会話を理解されはしないだろう。こういう「内緒話ができる空間」を探し出すのは、姫崎が職業柄培った能力の一つだった。

「でもまあ、そういう意味ですよね。俺と麻緒で他のメンバーに探りを入れてほしいと」

「遺憾ながら、事情が事情だからな。この事件の特殊性にあたっては、『巻き戻しを認識できる』協力者が不可欠だと私は判断した」

「前提として、教えてください」

気になっていた点を、姫崎はまず指摘する。

「合間さんから見て、俺と麻緒が犯人ではないと断定できた理由はどういったものですか」

「そうだな、その話からするべきだな」

店員が注文をとりに現れたので、会話が途切れる。合間が頼んだのはチョコレートパフェだった。

「この事件を、私は可能な限り単純化してとらえようとした。時間の巻き戻し現象、謎の薬品……それらを一旦《いったん》棚に上げて定義するとだな、この事件は機密情報の漏えいに関わる問題ということになる」

「……それはまた、思い切りましたね」

「極めて重要な、人類に多大な影響を及ぼすような研究をある科学者が進めていた。この情報が、どこかから漏れた。漏えい先の誰かは、元の研究を理解した上でそれ以上の成果を手に入れた。そして結論する。この研究は、独占すべき内容だ。途方もない利益を貪《むさぼ》り続けることがかなうものだ……だから科学者は殺された」

話を聞きながら、姫崎は合間と舞原で犯人像に大きな開きがあると分析する。どちらかといえば舞原は性善説、合間は性悪説で犯人をとらえているようだ。

「つまり犯人は、博士の研究内容を知りえた人物という結論になる。前々から博士と親交があったか、あるいは無関係でも博士の研究に興味を抱いていた人物であれば、博士が『本当の研究』をひた隠しにしている事実に気づき、スパイウェアやら何やらを駆使して重要な情報を盗み出すことは可能だったのでは、と考えているわけだ。この推測は、博士が巻き戻しの研究をパソコンの類に保存していたことを前提にしているがな」

「その可能性は高いと思いますね。博士は以前から研究の漏えいを気にしていたわけではなさそうですし、そう考えると手書きのノート類だけに研究内容を残すとは思えません」

「この犯人像は、事実上、誰に対しても当てはまる。博士がこれまで出版した書籍、ネット上に公開されているものを含めた数多の論文、これらに触れ、本当の研究の片鱗《へんりん》を窺い知ることは、世界中の誰にだって可能性はあったはずだ。ただし」

言葉を切り、合間はパフェのスプーンを掲げる。

「そういう博士と直接のつながりを持たなかった人間が、今回の件で偶然、説明会に招待される可能性はゼロに近いだろう」

「なるほど」

合間の理屈を、姫崎は把握する。

「それが、俺と麻緒なんですね。俺たちが招待された経緯は、偶然に近いものだったと」

「偶然、というと語弊があるかもしれない。今回、君を博士に推薦したのはこの私だ」

「そうだったんですか？」

「博士から警察関係者に出席してほしいと打診があり、最初に私が連絡をとった。その際、探偵業で信頼のおける人物を紹介してほしいと頼まれて、君の名前を出したんだ。結果的に、事件に巻き込んでしまったことは申し訳なかったな」

「それはどうしようもないことですから」流しながら、姫崎は残りの一人について考える。

「麻緒も同じような事情なんですね。芸能人をよこすよう黒川さんに依頼はしたものの、個人を指定したわけではなかったと」

「蒼井さんについては、疑いはより薄い。説明しておきましょう」

パフェに集中していた麻緒の方を、合間は向く。

「黒川さんが教えてくれましたが、元々説明会には、蒼井さんではなく、お笑いタレントのエンデヴァー高橋《たかはし》さんを充てるつもりだったそうです」

「ほーだったんへふか」

クリームを頬張りながら麻緒が驚いているが、姫崎には馴染みのない名前だった。

「……知らないですね。麻緒よりメジャーなタレントさんなんですか」

「えーっ、姫崎さん、エンデヴァーさんを知らないんですかあっ、仙人すぎますよお」

「悪かったな、あんまり見ないんだよ、お笑いはさ。どういう感じでブレイクした人なんだ」

「CMですよ。墓石のコマーシャル。お墓の上に仁王立《におうだ》ちになって、上半身裸になって」スプーンを置き、麻緒は頭の上で両手をばたつかせる。

「『エンデヴァァーッ!』『タカハシッ!』って、絶叫するんです。すごく話題になったんですよ。観ませんでした?」

それ、怒られたりしなかったのか。

「高橋さんの芸風はともかく」

合間が脱線を修正する。「当初、黒川さんが呼ぶつもりだったのは高橋さんでした。高橋さんは黒川さんの事務所に所属されていて、夜行列車で本日、京都に到着しています。ちょうどいいということで連絡をとったそうですが、到着後に高熱を出して寝込んでしまわれたために、別のタレントさんを探す話になったそうです」

「あ、私も同じ電車に乗ってきたんです。多分」

麻緒が補足を入れる。「夜行列車の中ですれ違って。人違いかな？　って自信がなかったので、声をかけなかったんですけど」

「黒川さんによると、蒼井さんの所属事務所と黒川さんの事務所は、経費節約のため、一緒に乗車券を購入したりされているそうですね。そのため蒼井さんも京都に来ているのをご存じだったようです」

「つまり俺と麻緒は、自分ではコントロールが難しい経緯で説明会に招待されている」

合間と麻緒の顔を同時に見た。

「そんな俺たちが、予《あらかじ》め博士の研究内容を知っていた犯人である可能性は極めて低いというわけですね。すると……」

当然、訊いておきたいことがある。

「反対に、合間さんが一番怪しいと踏んでいる人物は誰になりますか」

数秒、周囲に視線を巡らせた後で、合間は微笑んだ。

「最有力が舞原和史。次点で雷田亜利夫」

「根拠は？」

「今、説明した話の反対だ。博士と関わりが深く、研究内容を充分に理解していた人物ほど可能性が高い」

「それだと、最有力は雷田君の方になるのでは？」

姫崎はあらを探す。

「プロフィールを聞く限り、メンバーの中でプログラミングに最も通じているのは彼ですし、セキュリティホール対策のスペシャリストでもあるようです。彼なら博士のＰＣに侵入することも造作ないのでは」

「雷田君も、疑うべき要素は多い。ただ私の経験から話をさせてもらうと、機密の流出というものは、じつのところ外部の遠隔操作より内部犯の仕業である例が多いんだ。この場合、外部から侵入する雷田より、直接博士の研究所や自宅を訪れてパソコンを見ることのできる舞原の方が、より疑わしい」

「自宅って」

麻緒が眼を瞬《しばた》いた。

「舞原さんと博士って、そういう関係だったんですか」

「ある程度親密な関係だったことは確かなようです」

若い女性を意識したのか、合間は表情を引き締める。

「舞原和史と北神伊織は、大学時代の同級生でした。同じサークルに所属していたこともあったようです。テニスサークルだとか」

「テニス……」

麻緒は眉を大げさに動かした。

「なんか、イメージと違う」

「大学院へ進学したのは博士だけだったので道は分かれましたが、その後も交流は続いていたようですね。大規模な実験施設が必要になった際、博士から官僚になっていた舞原に依頼して、いくつか便宜を図ってもらったこともあったそうです。そういった融通をきかせる行為がだんだん後ろめたいものと見なされるようになってからは、互いに自重していたようですが」

現時点で、博士が殺害されてから半日も経っていない。

それなのにここまで調べがついているということは、相当有名な話なのだろう。

「下世話な言い方ですが、男女の関係なら、重要なデータの保管先やパスワードも入手できるかもしれません」

ますます硬い表情で、合間は推測を述べる。

「私は違うと思うなあ」

麻緒は後頭部のポニーテールを撫でる。

「舞原さん、博士に結構、馴《な》れ馴《な》れしく話してたじゃないですか。もし元カノとかだったら、舞原さんみたいな人は逆に他人行儀な接し方になると思うんですよねえ」

「貴重なご意見です」

まじめそのものの顔で、合間は頷いた。

「とはいえ、二人の仲が友情の類であっても、成り立つ話ではありますよ」

「うーん」

麻緒はもう一度ポニーテールをいじる。

「まとめると、一番怪しくないのが私、次が姫崎さん、その次は……大岩さんかな？　次の次が黒川さんで、烏丸さんが真ん中くらいに怪しいってことに……」

合間の見解に沿うならば、そういう順番になるだろう。

「で、二番目に怪しいのが雷田君で、一番怪しいのが……」

麻緒がふいに口をつぐむ。

意味を察した姫崎は喫茶店の入り口に目をやった。

入り口に、舞原が立っている。こちらと目が合い、手を振って近づいてきた。

「や、皆さん」

愛想《あいそ》がいい。刃物の輝きのような愛想の良さだ。

「ちょうど、合間警視にお伝えしたい用件があったのですが、お取り込み中でしたかかな」

「問題ありません」

予想外の事態に戸惑うそぶりはまるで見せず、合間は応じた。

「事件について、少し話をしていただけですので」

「事件についてですか。どういうお話をされていたのでしょう。舞原和史が犯人に違いない、とか？　いや、これは冗談がすぎました」

「それは、考えすぎというものです」

合間の鉄面皮は尊敬に値するレベルだった。舞原の用件とは、なんだろう。姫崎は急いで手元のパフェを片付ける。

「一旦自宅に戻って、鍵《かぎ》を持ってまいりました。博士から預かったラボの鍵です」

「ラボというのは」

合間にも予想外の話だったらしく、少し声が高い。「博士の大学にある、研究施設のことですか」

「それとは別です。博士は個人的な研究施設を持っていました。この事件について、博士が重要な情報を残しているとするなら、そこにあるのではと考えています」

証明するように、舞原はポケットからカードキーを取り出して見せた。

「これから行ってこようと思うのですが……もしかしたら犯人と鉢合わせするかもしれませんのでね。どうか同行していただけませんか？」

ＪＲ亀岡《かめおか》駅を左手に過ぎる辺りから、のどかな田園風景が車窓を彩り始めた。右手には地元の霊山である牛松山《うしまつやま》のどっしりとした山容が存在感を示す。この山麓《さんろく》の林に、北神伊織の個人研究施設があるという。

姫崎、合間、舞原、麻緒の四人は警察の用意したワゴン車に乗っている。後方にはパトカー一台が追走している。舞原の言ったように万が一犯人が現れた場合の用心と、簡単な鑑識作業を行うためだ。

時刻は四時半を回っている。夏の太陽はまだ活力を残し、沈む気配さえ窺えない。

「この辺りなんですよ、私の生まれ故郷は」

眩しそうに、舞原は目を眇《すが》めた。

「今は離農が進んですっかり寂《さび》れてしまいましたが、半世紀ほど前はまだ活気がありました。母校も今は廃校になってしまいましたが、当時は小・中・高と学生を集めるだけのキャパシティーもありました。少年時代の思い出は、楽しいものばかりです……」

高級官僚だった老人の横顔を眺めながら、姫崎は人間の表情というやつの不思議さを思う。友人が殺された悲しみをごまかしている、という風でもなく、死などどうでもいい、と達観している感じでもない。考えてみれば、政府高官は親兄弟が死んだ夜でも国会やマスコミに顔を出す。そういう経験に鍛《きた》えられた強《したた》かさなのだろうか。

「私は要領のいい子供でした。大人のいうことをよく聞いて、考えを先読みすれば、テストで満点をとることも簡単だった。いわゆる小利口というやつですが、周りが過大評価したせいで、地方の神童みたいに扱われました。おだてられ続ければ、当然、歪みます。自分こそ天才、自分より優れた才能などこの世には存在しない……そんな勘違いが、大学に入ってからも抜けませんでした。そんなとき、才媛《さいえん》、北神伊織の評判を聞いたのです。興味を持って会いに行き、その美しさに驚かされました」

最近の博士しか姫崎は知らないが、若いころはさぞかし美人だったろうと推測される顔立ちだった。

「私は確信しました。ようやく、この俺にふさわしい女が目の前に現れた、と」

うわあ、と頰《ほお》をひきつらせた麻緒に、舞原は笑みを送る。

「いやな奴でしょう？　案の定、みごとに粉砕されました。少し会話しただけで、認めざるを得なかったのです。彼女の頭脳には、まったく太刀打ちできないとね。それで神童は店じまいです。後には崇拝が残りました。どこか浮き世離れした部分のある彼女が存分に羽ばたけるようにと、サポートの才を磨《みが》く方向に専念したのです。結果的にはそれでよかったと思っています。北神伊織だけではなく、様々な才能の持ち主に出会い、その人たちを援助するために力を振るえたのですからね」

「自分よりすごいと思った女の人なら」

稜線《りょうせん》に目をやりながら、麻緒が訊いた。

「なおさら付き合いたいとか、奥さんにしたいとか執着しなかったんですか」

「わからなかったんですよ。どう接すればいいいか」

残念そうに、舞原は肩をすくめる。

「それまでの人生、自分以下の人間しかいないと思いあがっていましたから。そうではない存在が突然現れた。しかも異性です。尊敬はできる。けれども尊敬と性愛を両立させる方向に、心が動かなかったんです」

納得いかない顔で、麻緒は頭を揺らす。姫崎には、共感できなくもない話だった。大事な相手だとは思う。しかその想《おも》いを制度や風習に合わせて定義してしまうと、その大事さが薄まってしまうように思えてならないのだ。面倒な発想かもしれない。

「まあ、悪くはなかったと思います。私と彼女の関係はあれがベスト。他には考えられません」

敗北を示すように、舞原は両手を上げる。

「それに結婚しても、妻にできるだけですからね」

「ほほう……」

何に感心したのか、麻緒は何度も頷いている。

「老人の昔話は終わりです。そろそろ見えてきましたよ」

舞原は視線を車外へ移す。森の一端をすっぱり切り取ったような小道が見えた。

小道を百メートルほど進んだ先に、ラボはあった。

外観は、秘密の研究施設、というある種の冒険心をくすぐる存在にはあまりふさわしくないものだった。大規模な工事や土地開発が行われる際に、従事者の休憩所として建造されるような大ぶりなプレハブ建築。鈍《にぶ》い銀色の壁は、あまり頑丈そうにも見えない。

「これくらいがいいんです」

弁解するように舞原は言う。

「研究が発展すると必要な設備も増えますからね。その都度建て増しできるように、融通の利く建築形式がふさわしいのです」

カードキーを取り出したが、そのままドアの前で待っている。傍《かたわ》らの鑑識職員が、ドアの指紋を採取し始めたためだ。

「こういう施設は、必要なんですか」

姫崎は疑問を口にした。

「博士は、所属大学にも研究所を構えておられるでしょう。そっちを使えばいいのでは？」

「最近は、研究予算のチェックが厳しくなりましてね。財団だの国だのに申請すると研究費がもらえるのですが、予算によっては報告の必要があるんですよ。このマシンはこの研究のために購入したとか、細々と書類が必要なケースがありまして……モノによっては光熱費の支払いさえチェックされるほどです。そういう面倒なしがらみを避けて、私的な研究のための施設を用意する学者さんは結構いらっしゃいます。このラボも元々、他の研究者が造ったものなんです」

「その研究者というのは？」

合間が興味を示した。

「医学博士の大波陽一《おおなみよういち》氏です。三年前に亡くなった後、北神博士がご遺族からラボを買い取りました」

「医学と情報工学で、どのような共通点があったのですか」

「大波博士は特殊というか、なんというか……」

舞原は親指をこめかみに当てる。

「故人を評するのに不適当な表現かもしれませんが、いわゆるマッドサイエンティスト的な発想をお持ちの方でして。主に相貌《そうぼう》失認の研究をされている方だったのですが」

「ソウボウシツニン」

漢字が浮かばないような発音を麻緒が口にしたので、姫崎が教えてやる。

「相貌失認。たしか脳障害の一種で、他人の顔立ちが記憶できない、重度の場合は個人の見分けがつかないってやつだ。大波博士という人は、その治療を手掛けておられたのですか」

「それなら、まっとうな学者と言えます。彼は反対で、相貌失認を引き起こす薬剤を開発していました」

「……何のためにです」

「いわゆる『嫌われ者』の研究です。同じ言葉を話しても、同じ主張をしても、他の人間より悪いイメージを与える人間というものが存在します。逆もあり得ますがね。そのような格差は、いわゆるルックスと態度の違い、ひいて言えば顔の形や筋肉の挙動が影響していると博士は推測したのです。だから全人類が相貌失認になれば」

両手で顔を覆《おお》い、いないいないばあ、のポーズを舞原はとった。

「容姿や様態で人の是非が判断されない世の中が訪れる、と」

なるほど、マッドサイエンティストだ。

「北神博士とは、まるで異なる分野に思われますが……」

困惑の体ながら、合間はメモを取っている。

「北神博士の研究の一つに、オフィスのVR化というものがありました。よく未来の想像図であるでしょう。自宅にいながら、ゴーグルを装着すると、職場の光景が目の前に広がってそのまま勤務ができるというシステムです。SF映画などでは、そうした仮想空間の中でも、人間は元の姿のままでいるケースが多いようですが」

「なるほど、必ずしも生身の姿のままでいる必要はないと」

姫崎は納得する。

「容姿・様態が引き起こすマイナスを除外できるかもしれないというわけですね」

「もちろん、重要なのは配分です。VR空間上のアバターをのっぺらぼうにしてしまうか、元の顔立ちを残して不要な部分を省いたものにするか……そういった調整が与える影響を精査していたのです」

「その研究は、時間の巻き戻しと関わりがあるのでしょうか」

合間が根本的な疑問を口にすると、舞原は両手を組んだ。

「それがですねえ。見当がつかないのですよ。相貌失認とVRの件は、私も博士から聞かされていたのですが……ご存じの通り、巻き戻しについては『前回の今日』が初めてでした。ですから申し訳ないのですが、この施設は空振りかもしれません」

作業を終えたらしく、鑑識がドアから離れた。舞原はカードキーを差し入れる。

「カードキーは、計三枚作成されました。現在、一枚が私、スペアを含めた残り二枚を博士が持っていました。使用記録は、防犯会社に残っているはずですよ」

「すぐに確認させます。博士の自宅に、キーが残っているかも含めて」

合間が挿入口に真剣な眼差《まなざ》しを送る。このラボから博士の自宅は車で一時間あまりの距離となる。犯人が博士を殺害した後、カードキーを奪ってラボを訪れ、何食わぬ顔で説明会場にやってきたという筋書きもあり得るからだ。その場合、犯人にとって重要な何かは奪い去られた後かもしれない。

内部は、奥行き三十メートル、幅が十メートル程度の空間だった。床には緑色のシートが敷かれている。

デザインとしては体育館を連想させるが、床から生《は》える十数個の円柱が強いインパクトを発散していた。

円柱は天井にはつながっていない。透明で、内部は無色透明の液体で満たされているので、正確には水槽というべきだろう。それぞれ液体の中に、複数のコードでつながれた基板が浮いていた。

「うわっ、悪の科学者のアジトみたい！」

興奮して叫んだ麻緒が、慌てて舞原を窺う。

「……スイマセン」

「いやいや、そう思うのも無理はない」

微笑んで、舞原は円柱の一つを突《つつ》く。

「これは、特殊なコーティングを施した基板です。基板の中央にカメラが設置されていて、液体に反射する光を観察しています。我々が近づいたり、照明を入れたり、無人の状態でもわずかに埃《ほこり》が動いたりすると……反射は変わりますよね。そのわずかな違いによって、それぞれの円柱の基板内を走るプログラムは、相互を区別できるのかという実験です」

「……なる、ほど」

姫崎は懸命に付いていこうとする。

「のっぺらぼうのアバターにどの程度の表情が必要か、という実験ですね？」

「その先も、博士は模索していました」

舞原はもう一度円柱を突いた。

「もし、大波博士が主張していたように、全人類がのっぺらぼうの世界が実現した場合、人類の在り方はどのように変化するのか。個体の認識が不可能な世界は、個体の認識が無意味な世界にシフトするのではないか。やがて、『あなた』『わたし』の区別さえなくなり、全人類が『わたし』になったとき……」

区切り、舞原は指揮者のように両手を広げた。

「何が始まり、何が終わるのか。北神伊織は、それを知りたがっていたのです」

「………」

麻緒が、小声で言った。

「北神博士も、結構マッドだったんじゃ……」


ラボの中を奥まで見回ってみたが、ノートやファイルの類は見当たらなかった。ただただ円柱が並んでいるだけ。ただし二つだけ、アルミと思われる金属製で中の見えないものが見つかった。

「それは片方が冷蔵庫、片方が金庫ですね」

舞原がカードキーを取り出す。

「どっちがどっちだったかな……ああ、これが冷蔵庫です。カードキーなしでも開く」

冷蔵庫の内部は、数日分のレトルト食品と天然水のペットボトルだけ。残る一つの円柱は、舞原のカードキーでは権限がないとのことだった。

「金庫の方は、業者にあたってみます」

ラボの床でなにかを採取している鑑識に、合間は何やら話しかけた。

「しかし、メモの類も一切見当たらないというのは意外でした。北神博士は、整頓《せいとん》を徹底される方だったのですか」

「いや、そこまで病的なタイプではなかったはず」

舞原は首を捻る。「前に私がここに来たときは、ノート数冊が床に置いてあったと記憶しているのですが……自宅にあるのかな」

「あったのは、このノートパソコンだけか」

合間は、鑑識が抱えるパソコンを見た。中を開いてみたが、データはまったく残っていなかった。消去されたデータがあれば復活できるかもしれないので、鑑識に持ち帰らせるよう指示を与えている。

「重要な資料は、犯人が持ち帰ったのですかな」

「現状では判断できません。カードキーの記録解析次第ですね」

二人の会話を聞きながら、姫崎はここに来る意味があったのか疑問を抱き始めていた。

たしかに、相貌失認の研究には圧倒された。しかしこの研究は博士の本命ではなかったのだから……いや、そもそもこうした話は舞原が説明してくれた話にすぎないのだ。

彼が「時空犯」であったならば、無関係な場所に合間たちを導いて、混乱させることが目的かもしれない。

「イテ」

後ろにいた麻緒が小さく呻《うめ》いた。足元になにか当たったらしい。しゃがみこむ。

「なんか、見つけちゃいました」

古びたペーパーバックを示す。表紙、裏表紙共にアルファベットだが、英語のつづりではない。裏表紙に出版年と思われる一九三八の表記がある以外、何の情報も読み取れなかった。

近寄ってきた舞原に確認してもらう。

「見覚え、ありませんな」

「これ、何語かわかりませんか」

元官僚である舞原であれば、多言語に通じているのではと姫崎は期待したのだが、老人はかぶりをふるばかり。

表紙は文字の羅列だけで、ジャンルさえも判別できない。中央に添えられている「SENMIUATE」という文字がタイトルだろうか。

姫崎はスマホでタイトルを検索してみたが、検索結果でさえ、見知った言語が一つも出てこなかった。

「セン・ミウアト、でしょうか。なんとなく人名っぽいですね」

麻緒が表紙と奥付を見比べつつ言う。

「あ、ここ！　博士が書いたんじゃないですか」

裏表紙の右下に、ボールペンと思われる書き込み。「二年八組　北神伊織」

「確かに彼女の文字だ」

舞原が保証する。

「小中高のいずれかはわかりませんが、ずいぶん大事にしていたんですな」

「これも回収しましょう」

合間が鑑識から小ぶりな袋を受け取り、ペーパーバックを入れた。

結局これといった収穫を得ることはできず、一行はラボを後にした。

「お役に立てず申し訳ない」舞原が合間に頭を下げる。

「そんなことはありません。舞原さんが協力してくださらなかったら、ラボの存在さえすぐには気づかなかったでしょう」

合間が慰めを述べる。鑑識の職員たちは周辺に残り、なにか痕跡《こんせき》はないかもう少し調査を続けるとの話だった。カードキーの使用履歴次第では、もう少し人員を割《さ》けるかもしれないとのことだ。

亀岡市から京都市へ戻り、市街地へさしかかった辺りで、舞原は車を降りた。このままタクシーを拾って北山の自宅へ帰るという。

「色々ありすぎて、頭が混乱しています」

額をぴしゃりと叩く。

「ゆっくり休めば、もう少し有益な情報が提供できるかもしれません。何か思い出したらすぐに連絡しますよ」

「よろしくお願いします」合間が頭を下げる。

車が再発進した後、姫崎は合間の表情を窺いながら、

「混乱しているようには見えませんでしたね」

「冷静そのものだったな。ただ、ああいう人たちは知り合いが殺されたくらいでは揺るがないものかもしれない。この私だって……そういう状況になっても、刑事の皮は被《かぶ》ったままだろ

う」

「合間さんの中で、舞原氏はまだ、最重要容疑者ですか」

「見解は変わらない」

合間はスマホをいじりながら答える。

「ただ、もしかすると二位以下は変動があるかもしれないな」

「なにか、情報が入ったんですか」

「警護担当から、連絡が入った。雷田亜利夫、烏丸芳乃、黒川志朗《しろう》が集まっているらしい」

京都府立山城《やましろ》総合運動公園は宇治市の丘陵地帯に位置する「太陽が丘」の通称で親しまれている総合公園だ。陸上競技の地区予選やマーチングバンドの大会も行われるので、京都府内で学生生活を送った者なら一度くらいは訪れた経験があるかもしれない。本日は広大な芝生の上でライブが開催されていた。

人波を縫い、姫崎と麻緒は雷田・烏丸・黒川を探す。

「監視の刑事さん、来てるんですよねえ。その人に訊いたら？」

「監視じゃない。警護だ」

姫崎は訂正する。

「一応、俺たちは非公式の協力者だからな。あまり接触はしない方がいいだろ」

鑑識を引き連れて博士のラボを訪れた時点で手遅れな気もするが、姫崎としては合間の立場も尊重したかった。

それほど関わりがないと思われていた三人のつながりについて、警察とは無関係の体で探りを入れてほしいとの依頼なのだ。

「にしてもお前……全然騒がれないな」

憐《あわ》れみを込めて姫崎は麻緒を見た。ここはライブイベント会場だ。芸能人に興味を持つ人間が集まっているはずなのに、サングラス一つかけない麻緒に対して何のリアクションも起こらないというのは……。

「い、いいんですよ！」

麻緒は頬を膨らませる。

「そんなねえ、芸能人オーラばりばり放出してる人なんてほんの一握りなんですから。そもそもここ、ちょっとマニアックなイベントっぽいですから、会場の人たちはステージの人にしか興味ないと思いますよ」

「マニアックかな」

言われて、姫崎は初めてステージを見た。角を生やした悪魔の石像らしきオブジェが両端に立っている。中央ではたいまつが赤々と燃え盛り、その前で白いフードを被った出演者が前衛的な舞を踊っていた。顔面は、真っ赤にペインティングされている。

ちょっとどころではない。

「集いしスレイブたちよ、闇の波動に魅せられしあぶれものどもよ」

フードが叫ぶ。声から男性であることが分かった。

「機械の魔獣を駆りし黒き救世主たち、今こそこの地に降臨せり！　喝采《かっさい》を捧げよ、崇拝を炎にくべよっ」

「キクナッ、キクナッ、キクナーーッ」

「マトイマトイマトイマトイマトイマトイマトイマトイーッ」

「スレイブ」呼ばわりされたファンたちは、ペンライトを振り回しながら歓声を上げげた。案外、統制のとれた動きだ。大半がハチマキにハッピ姿。

「ファンの格好は普通だな、意外と」

「しょうがないです。こういうライブイベントは物販が生命線ですから。大量生産しやすいグッズじゃないと、利益が出ないんですよお」

黒き救世主とやらも、経済に組み込まれているらしい。

ステージ袖からスモークが吹き上がり、歓声が増した。煙をくぐり抜け現れた救世主たちは、黒のノースリーブにレースのミニスカート、顔半分を仮面で隠し、背中には悪魔めいた羽根飾りと、この手のコンセプトにふさわしい感じの衣装をまとっていた。

ただし二人ともトラクターに跨《また》がっている。普通に農家に置いてあるようなトラクターだ。

爆音を立てながら、トラクターは会場を一周する。歓声が膨れ上がった。

麻緒はまじめな顔をしてスマホを覗き込んでいた。

「キクナ・マトイ。悪魔崇拝と農業用トラクターのコンセプトを合体させた新感覚のアイドルユニット、ですって」

……どうしてその二つを足してしまった。

「攻めてますねえ。やっぱ、最近のアイドルはここまでやらないとだめなんですねえ」

「……そうなのか。すごい世界だな。アイドルって」

トラクターに乗りながらどうやって演奏なり歌なりをこなすのか気になっていたが、二人とも普通にトラクターを降りた。ありふれたデザインのマイクで歌い始める。

愛しただの、寂しいだの、希望だの夢だのをちりばめた歌詞だった。

「普通だ。全然普通の曲だ」

「それはまあ、聴衆というものは保守的ですからねえ」

評論家めいた言葉を発する麻緒。

「何か型破りなことを押し付ける場合、一部は普通のまま残しておいた方が受け入れられやすいんですよ。計算してますね、結構」

「そうなのか……トラクターも計算なのか」

「いえ、トラクターは頭がおかしいんだと思います」

演奏は三十分ほどで幕となった。とんでもないものを見たという感慨だけが脳内に残ったが、

「こんなことしてる場合じゃなかった。三人を探さないと」

「え？　見つかったじゃないですか。黒川さんと、烏丸さんは」

「どこにだよ」

麻緒が気づかなかったのか、という顔をする。

「ステージの上ですよ」


「いやあ、いいオーディエンスでした」

赤いメーキャップをクリームで落としながら、満足げな笑顔を黒川は見せる。

「観客とアーティストの呼吸が合ってこそエキサイティングなステージができあがる……！ステージ全体が混ざり合って一つの生き物が生まれたような、最高の三十分でした！」

はあ、と姫崎は曖昧《あいまい》に返事をする。ステージ裏、テントを組み合わせた楽屋。黒川の後ろでは、疲労困憊《ひろうこんぱい》のキクナ・マトイがぐったりと横たわっている。仮面をとった素顔二つの内、一人は知らない顔だが、一人は烏丸芳乃だ。

「すごい人気じゃないですか。固定ファンも多いし、メジャーデビューはしないいんですか？」

麻緒に褒められて、烏丸は放心していた顔をほころばせた。

「コアなお客さんの割合が多いのは確かなんですけど、今日は特別です。朝のニュース番組で取り上げてもらったので、普段よりチケットがはけてます」

「人一人殺されたのと同じ日に、不謹慎と思われるかもしれません。しかし、楽しみにしているお客さんのためでもありますので」

黒川はばつが悪そうに眉を下げる。仕方のないことだろう。親兄弟ならともかく、会ったばかりの科学者が殺害されたというレベルなのだ。ライブを中止するわけにもいかない。

「烏丸さんはこういう副業もなさってたんですね」

「いえ……私の中では、こっちが本業なんです」

起き上がり、烏丸は照れ臭そうに舌を出した。説明会で見せていた理知的な表情とはまるで違う。

「子供のころから、アイドルになりたかったの。でも十代の自分は勇気も努力も足りなくて。この歳《とし》になるまで、夢だけを燻《くすぶ》らせて過ごしてきました。でも黒川さんの事務所に盗聴検知のお仕事で伺ったときに、お酒を飲む機会があって、夢の話題になったんです」

手元の仮面をいじりながら、感慨深げに続ける。

「アイドルになりたかったって話したら……黒川さんは言うんです。なりたいって話した時点で、それはアイドルなんだって。なぜってアイドルは偶像だから。夢の塊だからって」

「アルコールが進むと、恥ずかしい話をしてしまいます」

黒川が頭を掻《か》く。

「でも、胸にしみるお話でしたよ。夢の塊としてステージに立った時点でアイドルは始まる。そこに貴賤《きせん》はない。トップアイドルとの差は、仕事で生活を維持できるかどうかの違いにすぎないんだって」

「その違いが重要なんですけどね」

黒川はさらに頭を掻いた。

「私の事務所は、平均より大きいところではありますけれど、所属タレント全員を仕事だけで食わせていけるほどの余裕はありません。やりがいとか夢とかいう言葉でモチベーションを保っていただくしかないという現状は、正直歯がゆく思っています」

「芸能事務所の経営者は、黒川さんなんですよね。ライブの盛り上げ役……といった仕事も手掛けておられるんですか」

「元々、私一人で立ち上げた事務所なもので。昔はなんでもやってたんですよ。キクナ・マトイにつきましては、前説の芸人さんがキャンセルになったときにやけくそで始めたものの評判がよかったので……成り行きみたいな感じです」

「今日のステージとお話を聞いて、芸能事務所というものに対するイメージが改まりました」

姫崎は心のままを話した。

「失礼ですが、タレントを搾取というか、そういうあくどいイメージを抱いていたのですが、偏見だったようです」

「それも間違いじゃないんです。残念ながら、そういう事務所も存在します。ただ、悪徳事務所も最初から悪徳だったわけではないんですよ。経費とか、効率とかを重視するうちに大事なものが摩耗していくんですね。私のところも、そうならないように日々、専心しております」

そう語る黒川の表情は、自身の仕事に誇りを持つ、しっかりした企業人という印象だった。

「なんか申し訳ない気持ちになってきました」

テントを出てすぐに麻緒がこぼす。

「頑張ってる烏丸さんたちに比べて、私なんかが色々テレビに出してもらってるのが、悪いというか。かわいくて、性格がいいだけの私が……」

本当に申し訳なく思ってるんだろうか。

「ともかく、黒川志朗と烏丸芳乃がここにいた理由は知れた」

姫崎は話題を変える。麻緒の感傷に付き合いたくなかったのだ。

「あの二人が一緒にいることは不自然でもなんでもないわけだ。北神博士が黒川につながっていたのも、多分、烏丸を介してのことだろう。問題は雷田亜利夫だな。まさか彼までアイドルをしていたとは思えないが」

「あ、雷田君」

麻緒の視線の先に、こちらを威嚇《いかく》するような表情の雷田が立っていた。キクナ・マトイのハッピとハチマキを身に着けている。


「俺が誰のファンしてようが勝手でしょう。何が悪い」

「悪くない、悪くないですよ？」

ふくれっ面の雷田を、麻緒がなだめている。ライブは終わったが人込みは絶えていない。会場周辺には屋台が並び、観客たちは各々空腹を満たしている。姫崎は買ってきたフランクフルトを二人に渡してやる。日が落ちる時間だ。オレンジがすべてを包《つつ》む。

「君は、いつからキクナ・マトイのファンなんだ」

「去年の秋からだよ。結構古参」

キクナ・マトイのユニット結成は、昨年の四月との話だった。

「北神博士から盗聴の検知を請け負っていた烏丸芳乃さんが、キクナ・マトイのキクナだってことは知ってたのかい」

「もちろん。というより、博士に烏丸さんを紹介したのは僕だから」

「そうなのか。烏丸さんに頼まれて？」

「違う。僕が勝手に紹介した。キクナさんが本業で盗聴検知をやってることをＳＮＳで見て知ってた。それで、博士が盗聴対策の業者を探してるって聞いたからさ。教えてあげたんだよ。女の人なら、女の業者さんの方が安心だと思って」

ソーセージをカリリと齧《かじ》る。

「つまり君は、烏丸芳乃さんと個人的な付き合いがあるわけではないんだな」

「ない。付き合いたいとも思わない。アイドルはアバターみたいなものだからさ。素材をどうこうしたいとは願ってない。仕事を紹介したのは、生活が成り立たなかったらアバター自体が存続できないと思っただけ」

本当だろうか。合間が挙げた容疑者の順位を、姫崎は脳内でシャッフルする。雷田が舞原に次ぐ犯人候補に挙げられていたのは、博士のパソコンに侵入する能力と機会を持っていたからだ。だが雷田とごく親しい、あるいは雷田が言いなりになるような人物が存在する場合、その順位は雷田と並ぶ。雷田が博士のネットワークを精査している間、その人物は彼の後ろにいて博士の研究内容を窃視できたかもしれない。雷田を誑《たぶら》かして博士の研究を盗ませ、現在も雷田に庇《かば》ってもらっているとも考えられるのだ。

雷田を操作できるのは烏丸芳乃。さらに烏丸を操作できるのは黒川志朗。この二人への嫌疑が跳ね上がるのではないか……いや、穿《うが》ちすぎだろうか。

「雷田君、セン・ミウアトって知ってますか」

姫崎の思考を破るように、麻緒から別方向の質問が発せられた。

雷田が両眼を丸くする。

「セン・ミウアートのこと？」

「ああ、そういう読み方なんだ。知ってるんですね雷田君。人の名前ですか？　どういう人なんですか？　北神博士の研究と関係する人ですか？」

矢継ぎ早に質問を投げる麻緒に、雷田は身を反らす。

「ちょっと、こっちにも教えて。その名前、どこから出てきたの」

「スミマセン」

目を閉じ、反省のポーズを見せた後で麻緒が説明する。博士のラボを訪れたこと、そこで古びたペーパーバックを発見したこと……。

「なるほどね。まあ、おかしくはないかな。むしろ博士なら、知らない方が不自然かも。多分その本は、セン・ミウアートって研究者が発表した、『知識の発生』というタイトルの論文だよ」

「何語かもわからなかったんですけど。センさんてどこの国の方なんですか」

「マケドニア」

「マケ」「ドニア……」姫崎は麻緒と顔を見合わせた。これは予想外だった。舞原にも読めなかった言葉なのも無理はない話だ。

「正確に言えば、マケドニア語で論文を発表したというだけで、セン・ミウアート自身の国籍は不明。というより、性別も何もかも不明。そもそもセン・ミウアートって名前はマケドニア人の名前とは違うらしい。論文も文法はマケドニア語らしいけど文字は普通のアルファベットで、何もかもちぐはぐ」

食べ終えたフランクフルトの棒を、雷田は振り回す。彼にとってテンションの上がる話題らしい。

「謎の人物なんだ。ただ、その論文だけが残ってる。世界的に、誰でもってわけじゃないけど、僕や北神博士みたいな、ねじくれた目でプログラムを考えてる人なら、知っている」

「その論文の内容だけど」

雷田と烏丸・黒川のつながりは一旦棚に上げることに決め、姫崎は訊いた。

「俺たちに、レクチャーをお願いできないだろうか」

「説明か。難しいなあ」

雷田は頭脳を調整するように、頭をコキコキと左右に揺らした。

「どっちがいい。簡単に説明するのと、わかりやすく説明するのと」

「簡単にお願いします！」麻緒が手を挙げた。

「簡単に説明すると、無機物の偶発的な集合を起因とする知性体が汎《はん》宇宙的に存在する可能性について述べた論文」

「……スミマセン。わかりやすい方でお願いします」

雷田は呆れた顔になりながら、

「これは、コンピューターの話なんだ。この論文が発表される少し前に、数学界でコンピューターの概念が創《つく》り出された。いわゆる計算機の起源は、ドイツのツーゼが考案したZ1《ツェットアイン》か、イギリスのチューリング提唱によるチューリング・マシンのどちらかだとされている。いずれを源流とするかは議論の余地があるところだけど、そこはどうでもいい。大事なのは、『人間の代わりに判断をしてくれる』機械が二十世紀に入って生み出されたというところなんだ。これがどれだけとんでもないことなのかを早期から理解していたのは数学者たちだった。なぜって、計算ができるということは、何もかもできることを意味するからだ。最初の計算機はいま、百均で売っている電卓よりも低性能なものだったけれど、いずれ進化を遂げると予測されていた。人工知能と呼べるくらいの高度な自立性と思考力を備えること、気象の予報、精密絵画の描画、チェスの名人を打ち負かすこと……成長した計算機がそれらを可能にすることは、早いうちから予見されていた」

「はー、学者さんってのはすごいんですねえ」

麻緒は感慨深げに自分のスマホを眺めている。「私には、そんな予想、無理です」

「もっと途方もない予想を立てたのが、セン・ミウアートなんだよ」感心するのは早い、と言いたげに雷田は指を立てる。

「電卓以下の計算機しかなかった段階で、ミウアートは計算機の自動発生に関する予測を行った」

「ジドウハッセイ」麻緒が小首をかしげる。姫崎にもどういう事柄を指すのか判然としない。

「たとえばそのスマホ」

雷田は麻緒のスマホを指した。

「そこにもコンピューターは入っている。そいつは何でできてると思う」

「何って」

麻緒は戸惑った様子だったが、

「基板ですよね。シリコンとか、レアメタルとかそういうものじゃないですか」

「そういうのって、元々はどこかの鉱山で掘り出されたり、化学物質を反応させてつくったものだよね。人間がゼロからつくったわけじゃない。元々自然界に素材があったはずだ」

「……そうですよね。何もない空間から生まれたりはしてないはずです」

「だとすれば、だよ」

雷田はスマホを凝視して言った。

「メーカーが工場で作らせなくても、偶然風が吹いて、それとも火山の爆発なんかが巻き起こって、スマホの材料に当たる物質が偶然一ヵ所に集まって、素材が加工されて、スマホの基板と同じ機能を持つものができあがる可能性だってゼロじゃないよね？」

呑み込むのに、数秒を要した。

「いやいやいやいやいや」

姫崎より先に麻緒が突っ込みを入れる。

「それ、ものすごい確率じゃないですか小数点以下のゼロがすごーく延びる数字ですよ？」

「でも、ゼロじゃないよね」

「待ってくれ、仮に材料が集まったとしてもだ」

姫崎も遅れて疑問を思いついた。

「基板はそれだけでは空っぽの容器にすぎないだろう。磁気情報でプログラムを書き込まないと」

「磁気も、自然に存在するものだ」

雷田は怯《ひる》まない。

「偶然集まったスマホの材料に、偶然雷やオーロラの電波が被さって、その磁気の形からプログラムが生まれる……それもまったくあり得ない話じゃない」

「いやあ、それは……でも……」

「今、僕はスマホを例に出したけれど、それに限った話じゃないし、僕たちが理解している計算機の仕組みに限った話でもない。僕たちの思いもよらない物質・電磁波の組み合わせで、高性能な計算機が自動的に発生する可能性だってあるはずだろう。ミウアートに言わせれば、ツーゼやチューリングは単なる電卓の設計図を考案したわけじゃない」

計算機の先駆者たちを崇拝するように、雷田は空を見上げた。

「モノの組み合わせから、生物とは異なる形の知性が生み出される可能性、それを示唆したことになるんだよ。すくなくともセン・ミウアートはそう見なしていた」

「そういう、『偶然から生まれた人工知能』いや、勝手に生まれたものを『人工』と呼ぶのもおかしいけれど、とにかくそういうものが宇宙のどこかで活動しているんじゃないかとミウアートは考えを広げた。なにしろ宇宙は広い。その歴史は長い。数兆を超える銀河の中で、単なる計算機に止《とど》まらない、『知能』と呼ぶにふさわしい無機物の組み合わせが生まれ、思考活動を続けているかもしれない……それらが、自己を改造する手段を得たとしたら？　すでに広大な範囲にネットワークを構築しているかもしれない。人類は気づいていないだけで、すでにこの銀河系もその網の中にからめとられているのかも……」

麻緒が微かに震えた。

「と、いうような想定が、セン・ミウアートの論文なんだ。話はこれで終わり」

子供に読み聞かせをするようなやわらかい笑顔を雷田は見せた。

「途方もない。途方もなさすぎる話でした。ありがとうございます」

「どういたしまして。思ったより、上手く説明できたかも」

「人に教える仕事、向いてるんじゃないですか。雷田君」

「おだてるなって」

麻緒の言葉に、照れ臭そうに顔をそむける雷田。

「雷田君、一つ意見を聞かせてくれ」

興味深い話だったが、浸ってばかりはいられない。姫崎は本来の目的を遂行する。

「博士はセン・ミウアートの論文を何十年も大事に持っていた。この論文が時間巻き戻しにどう関わるものなのか、推測はできないだろうか」

「難しいなあ、それは」

眉間にしわを寄せる。

「想定が壮大すぎるから、どんなジャンルにだって適用できるんだよね、セン・ミウアートは。博士が何を考えたのか、もう少し材料がないと、こじつけになっちゃうかも」

「本当に面白い話でしたけど」

麻緒も同じように眉根を寄せながら、

「関係はないんですかね。博士が殺されたことや、時間の巻き戻しと」

いや、関係はあるはずだ。

姫崎は前向きに思考する。博士の研究、そのバックボーンを知ることは、犯人が博士を殺害するに至った経緯につながっているはずだ。ただ、大きすぎる。

情報工学に大きな足跡を残したばかりではなく、秘密の研究も抱えていた科学者、北神伊織。彼女の世界は広大すぎて、つかみどころもない。巨大で、不定形な怪物を撫でているような心地だった。

空が藍色《あいいろ》に変わった。わずかにオレンジの残照が芝生をまだらに染めている。

黒川と烏丸はすでに撤収を終えた。雷田も帰り、屋台も店じまいとなった。静けさを取り戻した公園で、姫崎は漫然と「今日」の出来事を思い返していた。風が心地いい。

「姫崎さん」

麻緒が、いつもより低い声で話しかけてきた。

「全然関係のない話、していいですか」

姫崎は警戒する。無言を了承と受け取ったのか、麻緒は言葉を続けた。

「今の私、どんな感じですかね。姫崎さんには」

「……どういう質問かはわからないけどな」

姫崎はわからないふりをした。

「まあ、いい感じだとは思うぞ」

「ごめんなさい。答えてくれませんよね。こんな聞き方じゃ」

姫崎は麻緒を見ていない。深呼吸が聞こえた。

「姫崎さん、あらためて、私とお付き合いしていただけませんか」

それがどれほどの勇気を振り絞った発言なのか、姫崎には痛いほど伝わってきたが、

「……お前なあ、殺人事件だぞ。そんなこと言う状況か」

「こんな状況だからです」

麻緒は姫崎の正面に回り、顔を覗き込んでくる。

「時間が巻き戻って、知り合った人が殺されて……私たちも狙われてるかもしれなくて。色々揺らいでます。だから、姫崎さんにすがりたくなりました」

「お前、今売り出し中じゃないか。まずいだろう。交際とか」

卑怯《ひきょう》な返事だと、自分でも理解している。

「私、別にアイドルじゃないですから。ちゃんとしたお付き合いなら、問題ありません」

「同じだよ。何度言われても、俺の答えは同じだ」

「大人になった私でもですか？」

「お前はいい奴だと思うよ。一緒にいると、本当に、気持ちのよくなるやつだ」

多少の本音を交え、姫崎は無難な回答を捻りだす。

「けど、付き合うってのはなあ……なんか、お前とはそういう感じになれない。ごめんな」

「姫崎さん」

久々に耳にする、彼女の怒りを含んだ声だった。

「私、昭和の女じゃないんです」

「知ってるっての。お前まだ二十代だろ」

「相手の気持ちを汲《く》むとか、察して身を引くとか、できないし、嫌いです。だって姫崎さん、私のこと好きでしょう？」

姫崎は呻く。

ここまで踏み込んでくるとは予想外だった。

しかし、これが蒼井麻緒なのだ。姫崎にはあまりに眩しく、直視することがつらい。

「何年も、一緒にいたんですよ？　わかります。仕草で、言葉で！　姫崎さんは、私のこと、とても大事に想ってくれています。だから応えたいんです。応えさせてください！」

「考えすぎだよ。お前は俺の好みじゃない。それだけだっての」

「理由を教えてください」

麻緒は引き下がらなかった。

「嫌われていないのに、拒絶されるなんて納得できません！」

何もかもぶちまけてやりたい衝動を、姫崎は懸命にこらえた。

「こういうのはどうだ」

悪人になりたい、と姫崎は願う。

「俺はいわゆる小児性愛者でな。お前を助けたのも、後々、いやらしいことをするためだった。ところがお前ときたら、存外、成長が早くて」

意識的に野卑な笑みを浮かべ、下品な響きを声に乗せる。

「前に告白された時点で、もう、俺好みの体じゃなくなってたのさ。失敗した光源氏計画ってやつだな」

「姫崎さん」

麻緒の瞳に涙が浮かぶ。何に失望しているかは、手に取るようにわかった。

「だから今のお前なんてなおさら守備範囲外で……」

「もう結構です。よけいな話をしました。ごめんなさい」

震える声で、踵《きびす》を返し、歩き始める。

「おい、一人で帰るのは危ないぞ」

姫崎は自分でも呆れるほど、間の抜けたことを口にしている。

「大丈夫ですよ。刑事さん、近くにいてくれると思うから」

「油断するとまずい。すくなくとも、駅までは一緒に……」

「姫崎さん」

振り返り、麻緒は涙目のまま笑った。

「本当に嫌いです。姫崎さんの、そういう中途半端《ちゅうとはんぱ》に優しいところ」


立ちすくみ、姫崎はポニーテールの後ろ姿が見えなくなるまで見送った。

こんな愁嘆場の観客にさせられた刑事こそいい面《つら》の皮だろうと、意地悪く笑う。

（理由か）

それはな、と小声で、暗闇に話す。

「お前の父親が、俺の両親を殺したからだよ」

私立探偵の道を選んだ理由は、両親のひき逃げ犯を見つけたかったからだ。そのためのノウハウと人脈を手に入れたかった。

警察を選ばなかったのは、犯人を目の前にした際、荒っぽい行動に出てしまう可能性を慮《おもんぱか》ったからだ。それで職を失うわけにはいかない。両親を愛していた。しかしそのためにすべてを投げ出しても構わないほど、自分が情に溢《あふ》れた人間でもないことまで理解できていた。

無機質な表現を使うなら、両親は姫崎にとって精神的な財産だった。その財産を奪った者に対して、何らかの決着をつけたいと考えた。犯人を出頭させるくらいが妥当な決着だろうと当初は思っていた。

警察の捜査が適当だったとは信じられない。通常、ひき逃げという犯罪は車体に大きな痕跡を残すはずで、レンタカー業者や修理業者から足がつくものだ。そのルートから足がつかなかったということは、犯人は無届の業者から車を借りていたのではないか。

仕事で得たツテから、姫崎は違法タクシーや無届営業のレンタカー業者のリストを手に入れ、しらみつぶしに聞き込みを開始した。そして奇跡のような確率で、両親を殺《あや》めた車体と借主の情報を手に入れた。

借主は京都市内に住む蒼井という男。

こいつにどうやって口を割らせるべきだろうか？　姫崎は慎重に調査を続ける。蒼井は現在独《ひと》り身。離婚した前妻との間につくった娘を育てている。離婚の時期は事故と重なる時分だった。ひき逃げが夫婦に何らかの影響を及ぼしたのかもしれなかった。

張り込みを繰り返した。小学生の娘は麻緒というらしい。

猛烈に寒かった十二月。その娘が、ろくな防寒着も身に着けずに家を飛び出すのを見つけ、姫崎は後を追った。

雑居ビルの裏口。少女は、かたかたうるさい室外機の横に座り込み青白い顔で歯を鳴らしていた。

「死ぬのか？」

ぶっきらぼうに、姫崎は言葉をかけた。自販機から出てきたばかりのココアを頬に押し付ける。拒絶はされなかった。飲み干すと、頬に赤みが戻った。

「ありがとうございます」

立ち上がって、お礼を言う。凜とした声だ。それなりに育ちのいい子供なのだろう。

事務所へ連れ帰り、暖を取らせ、食事まで与えた。レトルトのシチューをおいしそうに啜る無防備な横顔に、俺が悪人だったらとんでもないことになってるぞ、と苦笑する。

振り返り、自分の中途半端さを姫崎は嗤《わら》う。

もう少しウェットな性格だったら、彼女に父親の罪を伝えていただろう。

乾いた性分だったなら、彼女を事務所へ入り浸りになどさせなかっただろう。

中途半端を、姫崎は選んだ。詐欺師の手から、彼女の父親を救った。事務所で、彼女と多くの時間を共有した。そうすることで、奇妙な満足を得た。

両親を殺した男を助け、その娘を自分に懐かせる。彼女は自分に全幅の信頼を寄せている。おそらく父親に対してよりも。自分がその気になれば、麻緒をどうすることだってできる……。

どうもすることはない。しかし、いつでもできると認識することで、両親を殺した男より高みに立っていると安堵し、それ以上は何もしなかった。

麻緒の父親とは、一度だけ顔を合わせている。その際、姫崎という名に相手は何の反応も見せなかった。おそらく、自分がひき殺した相手を調べたりはしていないのだろう。あるいは相手を死に至らしめたとさえ自覚していないのかもしれない。

もう、終わったはずなのだ。麻緒が事務所を去った数年前の時点で。彼女には何も知らせないはずだった。

彼女の想いに応えようとするなら、すべてを打ち明けるしかない。

彼女は聡《さと》い。あのころより、姫崎の心を深く覗き込んでくる。隠したまま、同じ時を過ごすなど難しいだろう。

しかし真実を伝えたら——彼女の信じてきたいくつかの大事なものが壊れてしまうことは間違いない。

（これで、よかったんだ）

姫崎は公園を後にした。器用にも、不器用にもなりきれない己を呪《のろ》いながら。

帰宅してから、合間に電話をかける。太陽が丘で判明した事柄は多かったが、前進の材料になり得るものではなかった。

「なるほど、あの三人にそういうつながりがあったとはな」

それでも合間は、有意義な調査だったと評価してくれているようだ。

「こちらの認識とは異なる図式が明らかになった。それだけでも捜査は進展だ。本当に助かった」

「そちらの調査はどうでしたか」姫崎が気になっていたのは、ラボのカードキーだ。

「博士が殺された直後に、ラボに出入りはあったんでしょうか」

「確認済みだ。我々を除いた最新の開錠データは、十三時十分だった。カードは博士が所持していたとされるもので、発見されていない。スペアのカードは博士の自宅で発見されているがな」

「ということは」姫崎は博士の死亡推定時刻を思い返す。「博士が殺されたと思われるのが十一時から十二時の間ですから、間に合いますね。つまり博士を殺した後、犯人はカードキーを奪い取ってラボへ向かったというわけですか。ラボで何か目的を果たした後、何食わぬ顔で説明会場に顔を出したと」

「あるいは、ラボで何かをするため、カードの入手目的で博士を手にかけたとも考えられる」

そうなると、舞原のキーでも開錠できない金庫の中身が気になってくる。

「博士のカードキーで、金庫は開いたんですか」

「残念ながら、パスワードが要るとの話だった」疲労のせいか、合間の声はしゃがれ気味だ。

「あの金庫はカードキーと同じ業者なんだが、ヨーロッパにある本社からわざわざ注文したものらしい。パスワードなしで開錠する場合、本社にあるマスターキーを郵送してもらう必要があるとのことだ。早くて二日はかかる」

「無理やりこじ開けるような話にはなってないんですね」

「中身が謎だからな。繊細なメモリ類だったら、破損させてしまうかもしれない」

金庫の中身が犯人の目的だったとすれば、犯人にも手出しできなかったことになる。人一人殺して、収穫はゼロ。犯人はさぞ歯噛《はが》みしたことだろう。

「そうだ、ラボには監視カメラの類は設置されてなかったんですか」

「ゼロだったよ。個人用の施設だから、金庫さえ頑丈にしておけば問題ないと考えたんだろう」

結局、ラボについても有益な手がかりは発見されなかったか。

そうなると、姫崎には気がかりな事柄があった。

「合間さんは、今度も巻き戻しは発生すると思いますか」

まだ宵の内だが、時間の檻《おり》は、今回も閉ざされたままなのだろうか？

「巻き戻しが犯人の意思によるものだったら、今回は起こらないのでは、と予想している」

すぐに見解が返ってきた。

「北神博士と説明会に出席したメンバーは、犯人に対して大きなアドバンテージを有している。巻き戻し後も記憶が残っているという有利だ。もし博士が犯行時に犯人の顔を見ていたら、あるいはそこまではなくとも何らかの情報を得ていたら、時間を巻き戻し、博士を復活させるのはリスクが高い」

道理だ。説明会メンバーの誰かが犯人だとしたら、匂《にお》い、音、その他諸々《もろもろ》の個人を特定するに足る情報を、博士に与えたかもしれない。慎重な犯人ならそう危惧《きぐ》するだろうから、リスクはとらないはずだ。

「とはいえ、犯人の思考は分からない。巻き戻しを犯人が制御できない場合だってあり得る。よければ明日……いや、明日じゃないかもしれないが……これからも協力をお願いしたい。蒼井さんにも伝えてもらえないだろうか」

そうですね、と答えながら、姫崎は暗澹《あんたん》たる気分だった。これからも、麻緒と一緒に行動するのは——気まずい。

深夜零時を回った。起きているべきだろうか、と姫崎は迷う。巻き戻しが繰り返されるのであれば、繰り返しの瞬間に意識を保っておいた方が不測の事態にも対応できる。

しかし睡眠不足は思考を鈍らせる。合間の予想のように、次の巻き戻しは発生しない公算が高いのであれば、体力温存のため、寝る方が有意義だ。

いいや、巻き戻しが犯人のコントロール下になければ今夜も発生するかもしれず——。

しかし犯人が博士を殺したということは、巻き戻しをコントロールできる証左ともいえるわけで――。

スマホのバイブ音。姫崎は飛び起きる。

暗闇。寝過ごしてしまったのか。眠る前、明かりは消していたか？　点いたままにしていたら、これは巻き戻しの発生を意味する。

液晶画面には相手のナンバーだけ表示されている。見覚えのある番号だ。慌てて応答ボタンを押す。時刻を確かめる余裕もない。

「おはようございます。探偵さん」

心臓が早鐘を打った。落ち着いた女の声。有り余る知性を保証するような、威厳《いげん》と自信に満ちた声だ。

「驚かせてしまったかしら。これは霊界からの通信ではありません」

北神伊織の声だ。ようやく、時刻表示を確認する。

五時四十分。死者が甦《よみがえ》り、九百八十一回目が始まったのだ。

第三章　二〇一八年六月一日（九百八十一回目）

再生について考える。

ひとたび死した後、私は甦った。

けれども巻き戻しによる復活は、生の喜びも、新鮮な臨死体験も与えてはくれなかった。あっけなく意識が途絶え、気付けば元の時間に戻っている。それまでの巻き戻しと、感覚的に大差があったわけではなかった。

考えてみれば、当然の話だろう。時間の巻き戻しとは、生命の否定と同義なのだから。

たとえ一日とはいえ、人は何事かを経験して多かれ少なかれ変化を遂げる。その変化を巻き戻しはゼロに戻すのだ。それは、人々の人生を一日分、殺しているのと同じこと。言い換えると、巻き戻し現象は全人類の人生の一部を千回近く奪い続けているのだ。

とはいえ失われないものもある。それこそが精神だ。この薬剤の効用により、私たちだけが記憶を留めたまま六月一日を繰り返している。あらゆる事象を奪い続ける巻き戻しの中で、私たちの精神だけが自由なのだ。

そして今回、殺害されてもなお、私の精神は変調をきたさなかった。

これは喜ばしい観測結果だ。

巻き戻し現象の起源と呼ぶべき存在が、思考・感情・精神といったまとまりを重視しているという推測が成り立つからだ。

私は、一歩近づいた。

長年、仮定の存在でしかなかった「それ」の歩みに、ようやく追いついたのだ。


「博士、待ってください」

時間の巻き戻し。そのルールから推測すれば当然あり得る出来事だが、一度殺された人間が生き返っている。いや、正確には殺されたという事実がなかったことになった。非現実の極みというべき状況だ。一度殺された人間の意識はどうなるのか？　殺されたまま巻き戻しに突入した場合、主観ではどのような体験をしているのか。訊きたいことは山積みだが、姫崎には先に伝えるべき言葉があった。

「その、生還された直後に私に連絡をいただいたのはありがたいのですが、ここはやはり、合間警視に電話すべきと思います。なにしろ殺人です。もう一度襲われるかもしれません」

「それは心配ありません」

電波の向こうの北神は軽く笑ったようだ。

「すでに合間警視には連絡しています。申し訳ありませんが探偵さん、あなたは二番目ですよ」

「あ、そうですよね。そりゃそうだ」

姫崎は赤面する。自分が警視より信頼を得ていたのかと己惚《うぬぼ》れていたのだ。

「しかし、早々に私にまで電話いただいたのはどういうわけですか」

「保険です」

博士の声が沈む。

「可能性としては、合間警視が殺人犯であることも否定できません。ですから、二番目に信用のおけそうな方に報告したいのです」

なるほど。無理もない。なにしろ博士は「今日」殺されたばかりなのだから。

「手短に申し上げます。正午前に私は自宅を出て最寄り駅に向かおうとしたところ、右の脇辺りに痛みを感じました。激痛というより、熱いという感じでしたね。振り返って相手を確かめようとしましたが、すでに意識が朦朧《もうろう》としていて輪郭《りんかく》さえ把握できませんでした……気がついたら自宅で横になっていたので、これは巻き戻しが発生したのだと判断して電話をかけたのです」

すると、博士の主観では、殺人犯に襲われてから数分くらいしか経過していないことになる。パニックに陥《おちい》らず、即座に状況を分析して冷静な行動が取れているのは、さすが科学者というべきだろう。

「外出されたのは、亀岡のラボに向かわれるためでしたか？」

「ああ、姫崎さんもご存じなのですね。ご推察の通り、巻き戻しに関連した資料を回収するためにラボへ行こうとしていました。合間さんにも伺いましたが、私が持って出たラボのカードキーがなくなっていたようですね」

「そうです、犯人はラボを訪れています。ただし内部に荒らされた形跡はありませんでした。金庫も、開かれてはいなかった」

「それも聞いています。相当大がかりな工具でも持っていかない限り、あの金庫をこじ開けるのは難しいでしょう」

「博士、金庫の中身について教えていただけませんか」

逡巡《しゅんじゅん》するような無音が数秒続いた。

「……皆さんに飲んでいただいた巻き戻しを認識する薬剤。その原材料です」

それなら、あれほど厳重に保管していたのも頷ける。

「材料がそこにあるということは」

姫崎はその事実が示唆することに突き当たる。

「我々が薬を飲んだ『前々回の』六月一日、そのときもラボを使用されていたのですか」

「ご推察の通りです。何か、お気づきでしょうか」

「その際、犯人に尾行されていたのかもしれません。犯人はラボに重要なものがあるかもしれないと勘ぐり、なんとかして内部を探りたいと考えた。博士は巻き戻しを認識できるので強引にカードキーを奪う行為にはリスクが伴いますが」

姫崎は即興で犯人の行動を組み立てる。一応、矛盾はなさそうだ。

「説明会を経て、これ以上手をこまねいていたら状況が悪化すると判断、博士を殺してでもカードキーを奪う方向にシフトした」

「では、こうして私が生き返った点についてはどう解釈されますか」

「それはですねぇ」

理由は複数、思い当たった。

「一つ。ラボ内で大した収穫を得られず、人を殺してまで遂げる目的ではなかったと反省した」

「なかなか人道的な犯人ですね。そうでないとも言えませんけれど」

「一つ。そもそも犯人は巻き戻しをコントロールできない」

「それも、否定はできない可能性ですね。ただそうなると、わざわざ殺人を犯すリスクが高くなってしまいます」

「一つ。犯人は巻き戻しを停止させるために条件を満たす必要があり、何らかのアクシデントでそれを果たせなかった」

「そちらの方が、現実的な想定に思えますね」

「一つ。優先するべき別の目的が浮上した。これをクリアするためにはもう一度巻き戻しを行う必要があった」

「なるほど。どの想定も興味深い」

感心しつつ、はしゃいでいるような博士の声だった。

「合間さんとも同じような話をしましたが、発想の手数では姫崎さんの方が上のようですね。探偵さんと深い話をする経験は初めてですが、じつに面白いわ」

「光栄です、と言うべきでしょうか」

やはり学者とは変わった人種だな、と姫崎は呆れる。一度殺された上、もう一度同じ目に遭うかもしれない状況にいるのだ。そんな場面で、論理をいじくる行為に喜びを見出《みいだ》している。

「楽しいやりとりでしたが、ここまでにしておきましょう」

事務的なトーンに戻る。

「念には念を入れて、もうお一方、電話をかけておきますね。生きて再会できたら、またご質問をどうぞ」


通話が切れた直後、今度は合間からかかってきた。

「おい、大丈夫か？」焦りを含んだ声だ。

「ああ、申し訳ない」

博士の二番手として電話を受けていたことを、姫崎は説明する。

「そういうことか。なるほど、厳密な人だ」

合間は気を悪くするどころか、博士の判断力に感心したらしい。

「何回かコールしても出ないので、少し焦ったよ。君に何かあったのかと」

ふいに、胸がざわついた。言語化できない不安に襲われる。

「何かあったのか、というと」

「思い当たらないか」

合間の調子が硬度を増した。

「『時空犯』がよからぬ企《たくら》みを抱いているとしたら、巻き戻しを認識できる我々の存在は、どう考えても排除すべき対象だ。中でも一番厄介に感じるだろう相手が、この現象に造詣《ぞうけい》が深いと思われる北神博士だった。だから最初に博士は殺された」

言葉の一つ一つが、警報のように姫崎に刺さった。

「にもかかわらず、六月一日はさらに繰り返された。これは、犯人が優先順位を変えたためかもしれない。博士を殺し、ラボを探ってみたが、有意義な情報や、自分に致命的な材料は入手できなかった。だから思い直したのかもしれない……博士を後回しにして、次に厄介と思われる人物に照準を合わせたのだとしたら?」

身体《からだ》の芯《しん》に、寒気が走った。

「他のメンバーにも連絡したが、雷田亜利夫、蒼井麻緒の二名と、つながらない」

麻緒。

地獄のような想像が、脳裏をよぎる。

犯人から見て次点で厄介な人物は誰か。

それは「殺すことの難しい」人物だ。有名人。タレント。近くにマネージャーがガードしている。普段なら、襲撃は容易ではない。

しかし、説明会場で、麻緒は口走ってしまった。そんな事態を招くとは思いもよらず、教えてしまったのだ。

――オフで、帰ってきたんですよ。昨夜の寝台特急で。夜行列車「いぶき」って知ってます？

それは、犯人にとって絶好の機会ではないだろうか。

通話を終え、麻緒の携帯にかける。応答はない。

焦慮をこらえ、連絡を待った。

いや、心配をしすぎているのかもしれない。確かに麻緒は犯人にとって「殺しにくい」ポジションであることは確かだが、半面、率先して始末すべき存在だとも思えない。マスコミへの訴求力というなら、舞原の方が上だろうし、烏丸もキクナ・マトイとして熱心なファンを抱えている。麻緒だけが、厄介な有名人とは言い切れないはずだ。

だが、犯人だけしか把握していない、麻緒を優先的に狙うべき理由が存在するとしたら……。

いても立ってもいられず、夜行列車「いぶき」の情報を検索する。どうでもいい情報、重要な情報、恐慌をきたした思考では、判別することが難しい。

「いぶき」は日本百名山の一つ伊吹山《いぶきやま》の早朝登山者のために年数回運行される夜行列車前日二十二時に東京発翌五時に名古屋着伊吹山最寄りの終点近江長岡駅《おうみながおか》へは七時三十分着——。

現在、七時すぎ。麻緒は終点近江長岡駅で京都行きの列車に乗り換えるはずだ。もし、犯人が彼女に標的を変えたのであれば、巻き戻し直後に京都を出発すれば、充分に間に合う——。

何度も麻緒の番号にコールを入れる。

「本当に嫌いです。姫崎さんの、そういう中途半端に優しいところ」

涙目の笑顔が甦り、姫崎の心をえぐる。

八時前、合間から連絡が入った。

「すまない」

鉄のように抑揚のない言葉だった。

「蒼井麻緒さんの遺体が、『いぶき』の車内で発見された」

白壁の安置室。中央のベッドに、数時間前まで麻緒だったものが横たわっていた。

——死体ってやつは、動かないものなんだな。

当たり前の事柄を、姫崎が思い知らされるのは両親の葬式以来だ。

細胞の隅々までが生命活動を終えている。その冷たさは、ドラマの死体とはまるで違う。名優やメーキャップでも再現できない、永遠の静止状態だ。

午前十時半。管轄の米原《まいばら》警察署周辺には、すでに事件を聞きつけた記者やカメラマンが群がっている。姫崎を関係者と見たか質問を浴びせてきたが、うるさいとは思わなかった。ノイズのような常套句の繰り返しが、むしろ虚《うつ》ろになった頭に心地よかった。

姫崎は、麻緒の「恋人」という名目で入室を許された。

合間のはからいだが、皮肉にも程があるシチュエーションだ。

「死亡推定時刻は、七時三十分前後だ。こちらの連絡を受け、急行した米原署巡査が『いぶき』のコンパートメントで彼女を発見した。現時点で確認のとれた限り、駅構内の監視カメラに不審人物は見当たらない」

傍らの合間が淡々と事実を告げる中、姫崎は麻緒の死顔を眺めている。白い。唇まで色素を失っている。それでも表情そのものは安らかだった。これなら写真週刊誌にだって載せられる、と他愛《たわい》ない感想も浮かぶ。

「死因は失血死。右脇腹に鋭利な刃物による刺し傷がある。おそらく『前の』六月一日に北神博士を殺めたものと同一の凶器、同一の犯人だ」

「……断言できるんですか。そんなこと」

「近ごろ鑑識で始めた試みなんだが、凶器の痕跡を数値化して記録している」

合間の言葉は、あくまで事務的だ。

「創傷の深さ、角度、細胞断面の剝離《はくり》状況、そういったものを特殊なセンサーで走査して、未解決事件捜査の足がかりとするのが主な目的だ。凶器やそれを振るった人間が異なる場合、この数値はまったく異なる値になるんだが、今回、博士のときのそれと近似値を示している。巻き戻されてしまったからデータが残っていないのは当然だが、俺が数値を覚えていた」

合間は眉間に人差し指を立てる。重要な手がかりかもしれない。しかし姫崎の心からは、思考する意欲が失われつつあった。麻緒を失った今、何を真剣に検討すべきというのか。

——違う、まだ希望を捨てるべきではない。北神博士がそうだったように、麻緒が殺されたことも巻き戻されるかもしれないじゃないか。

——あり得ない。甘い観測は捨てろ。犯人は、麻緒を殺す絶好のタイミングを逃さないためにこそ博士をあきらめたのだからな。寝台車。鍵のついていないコンパートメント。巻き戻したら、これ以上の好機は訪れないかもしれないだろう。もう一度巻き戻しが発生する可能性は薄い。

葛藤《かっとう》することさえ疲れた。姫崎は安置台から後ずさる。

「もう出ていった方がいいですね。そろそろ麻緒のご両親がいらっしゃるでしょう？　正直、合わせる顔がない」

「知らなかったのか」

哀《あわ》れむように、合間の眉じりが下がる。

「両親はすでに亡くなっているそうだ」

姫崎は身じろぎさえできない。

「母親は十年前に。父親は三年前だ。お母さんの方はわからないが、お父さんは肝臓を悪くしたことが原因との話だ」

「麻緒は」

姫崎は安置台にゆっくりと近づく。

「教えてくれなかった。そんなそぶりさえ、まったく……」

合間は何も言わない。

父親はアルコール依存症だろうか？　二人とも、ひき逃げ事故を起こしてから十数年で世を去ったことになる。自責の念に追いつめられた結果、命を縮めたのだろうか。

だとすれば。姫崎の中途半端な温情が、麻緒を一人にしてしまったのだ。

「麻緒」

泣きたいときほど、涙は出てこない。

「初めて会ったとき、彼女は寒いところで、ひとりぼっちで震えていました。今も」

手を伸ばすが、彼女に触れる資格はないように思われた。

「こんな、寂しい場所で、たった一人で……」

合間は何も言わない。

姫崎は八つ当たりをしたい気分になった。

「何か話してくださいよ。安い同情の言葉とか。お悔《く》やみの常套句とか、持ってないんですか」

合間は大きく息を吐いた。

「私は警察官だ。あやまち一つでたやすく命が失われてしまう、そういう仕事に従事している者だ。そういう仕事の、部下を抱える立場でもある」

目は合わさず、室内をゆっくりと歩く。

「彼らが文字通り致命的な失敗をおかしたとき、うちひしがれる部下に、初めのうちは何も言葉をかけない。自力で立ち上がることを期待しているからだ。私は口下手だからな。本当に、どうしようもなく打ちのめされたときだけ、粗末《そまつ》な慰めの言葉をかける場合もある。君は、まだその段階じゃない」

「……前から知っていましたが」姫崎は笑ってしまった。

「厳しい人ですね、腹が立つくらい」

「だから友人が少ない」

合間もまた、唇をほころばせる。

「君は頭のいい人間だ。ただ明晰《めいせき》なだけじゃなく、危うい状況でこそ頭脳を働かせられる男だと評価している。まだ、できるはずだ。まだ闘えるはずだ……」

過大評価だと思う。それでも、姫崎は応えたくなった。凍《こお》った頭脳を、無理やり溶かす。思考の隅に、しこりのように引っかかるものがあった。

「合間警視、北神博士に会えますか」

姫崎と合間は、ワゴンカーで亀岡へ向かっている。警察車両ではなく、合間の私用車だ。

「現状を再確認しよう。今は九百八十一回目の六月一日だ。博士が我々に協力を仰ぎ、薬を飲ませたのが九百七十九回目。博士が殺害されたのが九百八十回目。そしてこの九百八十一回目では代わりに蒼井麻緒が殺害された」

ハンドルを切りながら、合間は横目で姫崎を見た。本調子に戻ったのか気がかりなのだろう。

「この状況を理解しているのは博士と薬を飲んだメンバーだけだから、それ以外の人間にとって北神伊織の殺人事件は発生していないのと同じことになった。博士の殺害時は私自身が説明会の参加者でもあり犯行現場が京都府だったからこそ行使できた権限が、今回は使えない」

言葉の端に苦渋が滲《にじ》んで聞こえる。犯行現場の近江長岡駅は滋賀県。現時点で合間と麻緒は面識さえない状態のため、本格的に捜査へ介入する口実が見当たらないことは理解できる。

「だが他のメンバーが次の標的になる可能性も高い。博士にしたって、あらためて狙われるかもしれないからな。このまま手をこまねいているわけにはいかない。そこでメンバーを一ヵ所に集めて監視することになった。皆、身の危険を感じたのだろう。快諾してくれたよ」

「危険ではないですか？」

冷静な思考に立ち戻りつつある姫崎は、早速指摘する。

「メンバーの内部に犯人がいるとしたら、隙《すき》を見て犯行に及ぶかもしれない」

「誰か一人を襲ったら、他の誰かに目撃されてしまう」

合間は軽く首を振った。

「犯罪者の立場からすれば、悪事の途中で都合が悪くなれば巻き戻してやり直しができるという状況は素晴らしいアドバンテージだろう。だが薬を飲んだ我々には通用しない。少しでも不審な行動をとれば記憶に残り、疑われ続ける羽目になる。博士と蒼井さんのケースは、周囲に他のメンバーがいなかったから実行できたのだろう」

なるほど、と頷きながら、姫崎は危うさも感じていた。合間は犯人を理性的な人格にとらえすぎてはいないだろうか。博士を殺害しておきながら、巻き戻しを行って殺害をなかったことにした行動は、かなり危ない橋を渡っているように思われたからだ。博士の意識が朦朧としていたからよかったものの、姿を覚えられていた可能性だってあったはずなのに。

「それに、監視するのは私だけじゃない」

バックミラーの合間が不敵に笑う。

「警備会社から、八名、選《え》りすぐりを雇っている。ただの警備員じゃない。元刑事で、私の下で働いていた連中だ。それぞれ事情があって退職したが、全員、能力は折り紙つきだ」

「そういえば聞いたことがありますね。都市部の警備会社は警察のOBと関わりが深いって」

「コネとか癒着とかで、あまり褒められた話じゃないんだがな」

鏡に映った合間が自嘲《じちょう》するように頬を歪ませる。

「ちなみにボランティアじゃない。私のボーナスをつぎ込んだ」

そういうことなら、危険は少ないかもしれない。

「博士にもこの件をつたえたところ、自分のラボを使ってほしいと申し出があった。妙な装置も並んでいるが、あそこならスペースも余裕があるし、構造も単純だから見張りにも適している。というわけで、亀岡に急いでいるわけだ」

「博士としては、その間も研究を続けたいのでしょうね」

姫崎は科学者の探求欲というものにつくづく感心させられていた。殺され、甦った数時間後にこれだ。

「今回、メンバーのアリバイはどうなんですか」

「全員成立しない」

合間は苦虫を嚙み潰している。

「大抵寝ている時間帯だろうから無理はないけどな。黒川と烏丸だけは、朝のニュース番組に生出演するという話だったからはっきりするかと思ったんだが、出演後に市内のテレビ局を出たのが六時五分で、そのあとはバラバラに行動しているから証人がいない。結局全員、アリバイなしだ。七時三十分に近江長岡駅にたどり着くのは不可能だったと誰も証明できない」

「そうだ、失念していましたが、雷田亜利夫は無事だったんですね」

「大丈夫だ。九時前に連絡がついた」

「それはよかった。雷田君には期待していることがありますので」

「君は北神博士に、何の用なんだ」

「博士が隠しているかもしれないことを、打ち明けてもらいます。俺は知識が足りないので、雷田君に援護を頼みたい」

姫崎は精神的に身構える。博士があくまでしらをきるつもりなら、おそらく手ごわい相手になるだろう。

『合間さんも、圧力をお願いします」

ラボの周辺には警備会社のロゴが入ったワゴンが三台停《と》まっていた。

中で休憩していた警備員と、合間は挨拶《あいさつ》を交わす。全員男性で、見たところ年齢は二十代から五十代くらいとばらばらだったが、皆、精悍《せいかん》で頼りがいのありそうな顔つきだ。どことなく合間と雰囲気が似ている。彼の薫陶を受けた精鋭揃いという話は間違いなさそうだ。

ラボに到着した事件関係者は姫崎たちが最初で、残りのメンバーは、これから亀岡駅まで警備員が迎えに行くとの話だった。二台のワゴンがラボを離れ、十数分ほどで戻ってきた。

車から降りてきた面々は、姫崎を見て戸惑いを見せる。どう気遣いの言葉をかけるべきか迷っているのだろう。オバちゃんさえ、一言も発しない。

「姫崎さん」

博士と共に車から降りてきた舞原が、深く、眉根を寄せる。

「いや、まったくなんと言っていいものやら……」

「蒼井さんは、私の身代わりになったようなものです」

言いづらい言葉を、博士が口に出した。

「彼女や姫崎さんには申し訳ない結果になりました。彼女は有名人ですから、襲われるような事態になれば世間の注目を集める。だから犯人も手出しは難しいだろうと予想していましたが……見通しが甘かったようですね」

「お気になさらず結構です。これは巻き戻しに関連した殺人ですからね。博士ご自身のように、復活の目は残っている」

「しかし、それは……」

博士は口ごもる。姫崎が自答したのと同じロジックで、犯人が次の巻き戻しを起こす可能性は低いと考えているのだろう。

「俺は、あきらめていません」

姫崎は言葉に力を込める。

「とりあえず、ラボの中へ入れていただけますか。博士にお伺いしたいことがあるんです」

内部に通され、全員が荷物を置いた後で適当なスペースを見繕《みつくろ》い、車座をつくった。警備員たちは四隅を固めている。初めてラボを訪れるメンバーは内部の風変わりさに圧倒されている様子だったが、それよりこれから何が起こるのか気がかりらしく、皆、姫崎に視線を寄せている。

「率直に、質問させていただきます」

姫崎は博士を見据え、切り出した。

「北神博士、俺に、時間を巻き戻す方法を教えていただけませんか」

誰かが息を呑む音が聞こえた。精密機器の、微細な駆動音がその後に続く。姫崎と博士を隔《へだ》てるわずかな空間に、冷たい警戒心が充満したかに思われた。

「こう仰りたいのでしょうか」

博士は両眼を細める。緩やかな変化だった。

「この私が、その方法をすでに理解しているにもかかわらず、秘匿していると？」

「気を悪くされたのなら、お詫びします。しかし、あなたは把握されているはずです。少なくとも、巻き戻しにつながる鍵のようなものを」

「断言される根拠は？」

「博士は最初の説明会で仰いました」

姫崎は博士を正面から見据えた。

「『私以外にも巻き戻しを認識している誰かが存在して、巻き戻しを意図的に発生させる技術を入手したのかもしれません』と。俺が気になったのは、『技術』という言い方です。時間の巻き戻しなんて、夢のような出来事です。ひょっとしたら超能力のような力かもと誰でも想像します。しかしあなたは、『技術』と言い切った。それが『技術』であることに確信を抱いておられるからでは」

「……本当に、厳密な方ですね」

博士は哀と楽の中間のような表情をつくる。

「探偵さんにしておくのがもったいないくらい。きっと、いい研究者になれますよ」

「リップサービスは結構です。俺は時間が惜しい」

「ケンカをするつもりはありません」博士の口元がほころんだ。

「そこまで見抜かれては、隠し通すわけにはいかないでしょう。確かに私は、時間を巻き戻す方法に関する仮説を構築しています」

「へえ？　それやったらなんで……」

抗議する大岩を、博士は手で制した。

「仮説にすぎないのです。実用段階には至っていません。姫崎さんは蒼井さんを助けたいのでしょうが、やり方を教えたところで、間に合う可能性は低い」

「しかし、試してみる価値はあるのでは」

舞原が口を挿んだ。

「博士は、犯人が混ざっているかもしれないこの状況で情報を開示する危険を慮っているのでしょう？　だがそれでは犯人のペースだ。我々の誰かが手助けすることで、事態は好転するかもしれない」

「そうですね。私も先行研究者としての意地があります。横合いから現れた犯人に、先を進まれている現状は癪《しゃく》です」

クルミを握りつぶすように、博士はこぶしを鳴らした。

「わかりました。その方法についてレクチャーします。長い話になることはご容赦ください」

「一九六五年十二月八日正午過ぎの話です。ハイキングで牛松山を訪れていた私は、山頂付近でオーロラに遭遇しました」

話の頭から、聞き流せない内容だった。

「オーロラ、ですか」

黒川が額をぬぐう。

「京都、いや近畿《きんき》地方で、オーロラという話はあまり……」

「観測率は非常に低いものです」博士は頷いた。「しかもそのオーロラは普通のそれではありませんでした。当時、子供だった私にも手が届きそうな高さで発生しているように見えました――いえ、実際にそうだったのです。それはオーロラとは似て非なる何かだった。少しジャンプすると、触ることができました。私はオーロラを千切って、家へ持ち帰りました」

「オーロラに」「触った」「千切った……」

口々に言葉を反芻《はんすう》する聴衆に軽く微笑みながら、博士は続ける。

「前にもお話ししましたが、私が最初の巻き戻しを体験したのはその日のことでした。翌日目が覚めると、十二月八日のままでした。私は自分が健忘症になったと疑い、次に周囲の人々が大がかりな悪戯をしかけているのではと疑い、いずれの可能性も否定された後で、ようやくこの非常識を受け入れました」

「その日から、私の研究者人生が始まりました。賃金や資格の問題ではありません。不可解に惹かれ、それを解き明かそうと決意したとき、人は『研究者』と呼ばれる生き物になってしまうのです。なぜ、時間は巻き戻されるのか？　どうして私だけが、それを認識できるのか？　単純に考えれば、オーロラのかけらに触ったことに結び付けるしかありません。すると、かけらに触ることで巻き戻しをコントロールできるのでは？　私は毎日かけらを撫で続けましたが、それによって回数が増えるという観測結果は得られませんでした。むしろ巻き戻し自体は、ある程度均等な間隔で発生しているように思われたのです」

「数年の観測を経たのち、私は一つの仮説を立てました。この世界とは物理法則や時間軸の異なる空間が存在しており、その領域に私の記憶が保存されている、という仮説です」

「なるほど」「うん」と反応したのは舞原と雷田。他のメンバーは、呑み込めずにいるようだ。大岩がおずおずと手を挙げる。

「すんません。もう少し詳しくお願いします」

「そうですね。大岩さんにお訊ねしますが、そもそも『時間が巻き戻る』とはどういう状況だとお考えですか」

「えー、今更そんなん言われても……」

ぼやきつつ、オバちゃんは答える。

「ようするに、全部が戻るってことやないか？　降ってきた雨も、卵から生まれた雛《ひな》も、色々なもんが元の状態に戻るってことやんなあ。もし、何か一つでも戻らへんもんがあったら、それは時間が戻ってるとは言わへんのやないの？　ということはアレやな、時間っちゅうもんは、世の中全部の流れってことになるんかな？」

「大変優れたご見識です」

博士は称賛を表し、オバちゃんはエヘヘと笑った。

「その全部には、人間の脳細胞も含まれるはずです。脳細胞の状態も一日巻き戻るのですから、本来なら記憶も失ってしまうはず。にもかかわらず、私は巻き戻しを認識できている。これは、脳細胞だけが特別扱いになったのか？　そう考えるより、脳細胞も巻き戻されていると見なす方が自然です。その上で記憶が残っているのは、時間の流れとは無縁のどこかに記憶が保存されているからではないか……パソコンで別のドライブにバックアップをつくるような図式です」

「ということは、薬を飲んでも記憶を失わないわけじゃなく、本当は巻き戻しで忘れているんですね」

烏丸が指先でつむじを触る。

「巻き戻し直後に『別の空間』から記憶がサルベージされるので、認識の上では覚えている、と？」

「そういう仮説です」博士は首を縦に振った。

「そしてそのバックアップをもたらすものが、このかけらなのです」

博士は立ち上がり、円筒形の金庫に近づいた。カードキーをリーダーに挿し入れる。金庫の表面が光り、液晶に数字とアルファベットの表が浮かび上がった。片手でパスワードを入力し始める。

金庫の扉が開く。中には、一辺が三十センチほどの透明なケース。その内部に、半月形の白い塊。

「これが、オーロラのかけら」

姫崎は金庫まで近寄って見た。博士は制止することもなく、笑みを浮かべている。

白い。異常な白さだった。今まで見たどの物体、どの映像作品の「白」とも異なる。だがその違いをどう表現するべきなのか浮かばない……。

「触ってみてください」

博士が促す。

「かなり脆《もろ》いので、ケースの外から。直接触れなくても変化します」

「変化？」

おずおずと指を伸ばすと、塊の白が、わずかに濁《にご》ったように思われた。いや、錯覚ではない。瞬《またた》く間に白から灰色へ、黒色へと「オーロラのかけら」は色彩を転じ、次の一瞬で元の白色へと戻った。

「情報を、吸い取っているのです」

無表情で、博士は告げる。

「仮説にすぎませんが。今、姫崎さんの情報、脳細胞の記憶がこのかけらに転写され、さらに別の空間に転送されました。その情報は、巻き戻しが起こっても失われず、脳細胞に補塡《ほてん》される。一度転送・補塡のルートが設定されると、この作用はずっと続きます」

「すると、あの薬品は」

雷田もケースをつつき、色彩の変化を眺めている。

「このかけらを基に作ったものなんだな」

「作ったというより、ほぼ、そのままですね」

博士は肩をすくめた。

「このかけらの、目に見えないほど微細な一粒を切り取って、水に混ぜただけの液体です」

「危険な物質ではないんですよね？」

黒川が狼狽《ろうばい》の色を見せる。博士は労《いたわ》るように微笑んだ。

「大丈夫です。この物質は、ある程度反応すると少しずつ消滅します。このかけらは、私が千切った時点より一回り小さくなっているんですよ。ですので微細な粒であれば、飲み込んですぐになくなってしまいます」

「かけらがなくなっても、異空間とやらに記憶は送られ続けるのですね。だから何年経っても、巻き戻しが起こっても記憶は保持されるというわけですか」

解釈を述べながら、合間は四隅の警備員に視線を移している。今気づいたが、警備員たちは全員ヘッドホンを装着しているようだ。機密を漏らさない配慮だろうか。

「仮説です。あくまで仮説」

博士は両手を紅葉のように広げ、ひらひらと動かした。

「先ほどからそればかりなのはお許しください。試薬や機器による検査では、何一つ証明できない現象なのです。このかけらにしても、分析した限りでは自然界にありふれた物質で、色彩が変化することの説明がつかないのです」

博士は金庫を閉じる。

「この物質に触れると別の世界に記憶をバックアップする回路が開く。この仮説を基に、私は次なる仮説を構築しました。巻き戻しそのものがどのようにして発生しているかという理屈です。それを説明するにあたって、一九三〇年代に海外で発表されたある論文について述べる必要があります……」

「ひょっとして、セン・ミウアートの論文ですか」

姫崎の言葉に、博士は目を大きくした。

「まあ、すでにご存じだったのですね」

「ラボに博士が持参されていたペーパーバックから知りました。詳細は、雷田君に説明してもらいました」

他のメンバーは知らない話なので、雷田が再度レクチャーをすることになった。面倒くさがりながらも、少年は教師役を果たしてくれる。

「えーと、機械の材料が偶然に集まって。コンピューターみたいなもんが勝手に動き出すかもしれへん。そういうのが宇宙のどこかで幅を利かせとるかもしれへんって話でええんかいな」

大岩がまずまずの理解力を見せる。

「それで、その論文がどう関係あんの、巻き戻しの理屈と」

「ミウアート論文の要点、それは情報を蓄積するポテンシャルが偶発的に発生した場合、そのポテンシャル自体が知性体になり得るという指摘です。私はこの点を自説に組み入れました」

「アカン」

大岩が両手を挙げる。

「通訳お願い。雷田先生」

雷田はあからさまに迷惑そうな顔をしたが、律儀に答えた。

「……パソコンの基板みたいにデータを集める仕組みが偶然にできあがる。これが第一段階。その仕組みが偶然収集した磁気信号とかのデータを活用して自分を進化させ、人工知能みたいな『考える』存在に変わる。これが第二段階。この二段階の発展を論じたのがミウアート論文。ここまでは分かる？」

「わかる。たぶん」

「まとめると、データとか情報とかを集め、保存する仕組みがある場合、その仕組みは色々偶然に助けられて、知能を持つかもしれないって話だよね。今、博士の話に出てきたでしょう。そういう仕組みのこと」

「えー？　いやあ……あれ？　ああっ！」

表情をくるくる変えた大岩は、最終的にすっきりした顔で手を叩いた。前から姫崎は評価していたが、このオバちゃん、頭の回転は決して悪くない。

「別の世界。オーロラのかけらに触った人の記憶が転送されるっていう別の世界！　それが、コンピューターみたいに考え始めるかもしれないってことかなあっ」

「ご名答です。素晴らしい」

博士は賛辞を贈る。

「あのオーロラが、どれくらいの頻度で現れるものかはわかりません。しかし私の人生に一度きりという頻度だとしても、全宇宙の歴史から比べるとかなり高い確率です。そして転送される情報も、人間の記憶だけとは限らない。他の生物の電気情報さえも送信されているとしたら」両手を広げ、大きなものを抱えるジェスチャーを見せた。

「別世界に送り込まれる情報量は膨大となります。その無限にも近いまとまりが意思を持つとしたら、そのスペックは我々の想像もつかないものとなるでしょう……」

「要は、進化し続ける超高性能なコンピューターがいる、というわけですか」

話を聞くうちに、姫崎は軽いめまいを覚えた。あまりに壮大すぎる話だ。しかし時間の巻き戻しを意味づけるにはこのくらいのスケールが当たり前かもしれないな、と意識を持ち直す。

「しかもその知性体は、こちらの時間の流れとは無関係の領域に生きています。ここからが本題です」

博士は円筒の群れに一瞬、視線を移した。

「知性体の棲《す》む空間はこちらの時間とは無関係。ならばどの時間軸にも干渉できるかもしれない。単純に想定してみましょう。今から一万年ほど前、新石器時代の人類全員に、コピーした姫崎さんの記憶を転送できるとする。何が起こりますか」

「何が起こるもなにも」

姫崎は思いつくままを答える。

「大混乱に陥るでしょう。彼らにとっては理解の範疇《はんちゅう》を超えた出来事でしょうからね」

「あるいは全員、思考がパンクして意識を失うかもしれない。その期間が一日だったとします。一万年前の人類の歩みは、転送が行われる前より一日遅れる結果になりますね。その遅滞が一万年後にも反映される。つまり今日起こる出来事だったすべては、明日の出来事にずれてしまう。そのずれは、本来認識できないはずですが、異空間に記憶のバックアップを持つ我々だけは例外となります」

頷きながら、姫崎は博士の筋立てがわかってきた。

「我々の認識の上では、時間が巻き戻って見えるというわけですね？」

一同は押し黙った。博士の仮説を理解しようと懸命なのだろう。

「その理屈では、すべての説明は難しいのでは？」

烏丸が異議を挿んだ。

「一万年前の人類が一日遅れても、その遅れがそのまま現在に反映されるとは限りません。それに、自然災害や天候は影響されないでしょう」

「石器時代の話は、あくまで一例です。異空間の知性体が私の想像通りの存在であれば、その演算能力は現代のスーパーコンピューターや量子コンピューターをはるかにしのぐスペックとなるはず。それならばこの世に存在するすべての因果《いんが》関係を観測・予測して操作できるかもしれません」

「えーと、待ってください。知性体とやらは、何のために巻き戻しを行うんですか」

ついていけない、という混乱の面持ちで黒川が訊いた。

「私たち人間も含め、すべての知性体は成長を志向します……自らの改良、拡大のため、こちらの世界を望ましい形にすることが目的でしょう。知性体はこちらの世界から情報を吸い上げて進化を続けているのですから、生物の絶対数が減少することは望ましくないはず。そのため、そういう兆《きざ》しが見えたら、その都度時間を戻し、調整を行っているのでしょう」

「すると、大災害や戦争期は巻き戻しが増えるということですか」

舞原の問いかけに、博士は頷かない。

「長い目で見て何が有益になるか、結果的に生物の数が増えるものかはこちらで想像もつきません。おそらく一定の期間ごとに知性体にとって不都合な状況を招く余地があり、それを回避しているのではないでしょうか。巻き戻しの期間がほぼ一日なのは、それくらいが誤差を起こさず修正できる限界なのかもしれません」

「うーん、とんでもない話やなあ」

大岩が腕組みする。

「実際に巻き戻しを経験しとらんかったら、とても信じられんわ。けど、理屈は通って聞こえる」

「まとめると、博士の巻き戻しに関する仮説はこういうものか」

雷田が要点を整理した。

「①この世界とは時間軸の異なる空間が存在する。②オーロラに似た謎の物質を介して、その世界へ人間の記憶を始めとした各種情報がバックアップされている。③膨大に情報を収集した結果、空間自体が知性体に成長を遂げて、さらなる進化のため、こちらの世界へ時間巻き戻しという形で干渉を行っている、と。だとしたら、僕たちが意図的に巻き戻しを引き起こすにはどうするべきなんだろう」

そうだ。姫崎は気を引き締める。ここからが、本題なのだ。犯人は、どのような手段で巻き戻しを発生させているのか。

「答えの一端は、すでにお話ししています。知性体にとって、都合の悪い状況を作り出せればいいのです」

博士は合間に顔を向けた。

「合間さん、あなたが全知全能の神のような存在だった場合、最も忌避する事柄はどういったものですか」

「私が神……」合間は答えに詰まっている。

「大岩さん、あなたが世界のすべてを呑み込み、なおも成長を続ける貪欲《どんよく》な獣だった場合、何を怖《おそ》れますか」

「そんなん、訊かれても……」

お手上げ、と言いたげに大岩は宙を見上げるが、

「いや……」

思い当たったらしく、博士に向き直った。

「私なら」合間も浮かぶものがあったらしい。同じように博士を見据える。

「私やったら、自分と同じようなんが出てくるのは困るなあ」

「私もです。全能の神はただひとりだからこそ意義がある。同じ存在に出現してほしくはない」

正答なのだろう、博士は手を叩いた。

「そのための装置がここにあります」

博士は視線を円筒の群れに移した。緩い駆動音が、変わらずラボ内に響いている。

「私が聞いていた話と違いますな」

舞原が口元を少しだけ斜めに動かす。

「その装置は、大波博士の相貌失認研究のためと伺っていましたが」

「まだお伝えしていませんでした」

すまなそうに博士は眉じりを下げた。

「私が転用したのです。現在、これらの装置内ではそれぞれの基板に宿るプログラムが、架空の情報を生み出し続けています」

またよくわからん話になった、と言いたげに大岩が頰を歪ませる。

「たとえば、架空の人物のプロフィール。京都市生まれ、三十八歳のAさんという男性。たとえば架空のイヌ、架空の植物……おそらくオーロラのかけらが吸い上げているだろう情報を、ある程度簡略化した形ででっちあげ、蓄積しているのです。ある程度ノイズを与える必要もあるかと考え、水の中で揺れ動く光も観察させています。そして」

博士は円筒の一つの下部を触る。扉が開き、キーボードとモニターが現れた。

「それらを数値化してシャッフルをかけ、その配列が意味のあるプログラムになるかどうかの試行を繰り返しています」

モニターに表示されているのは、目で追いきれないほどのスピードで流れるアルファベットと数字の配列。数秒を経て、大きく「エラー」と浮かび上がった。

「なるほど。知性体の小型版を生み出す実験ですね」

姫崎がモニターを覗き込むと、博士は肩をすくめた。

「御覧の通り、失敗続きです。当然といえば当然ですが。そう簡単に人工知能が自動生成できるようなら、AI研究に苦労はないでしょう。それでも幸運に恵まれ、人工知能に相当するようなプログラムが生まれ、その事実がかけらを通して異空間に伝わったならば」

博士は鋭い目で金庫を眺めた。

『脅威を覚えた知性体が、プログラムの発生前まで時間を巻き戻してくれるかもしれない。仮定と希望的観測にまみれた話ですが」

「待って。すでにその試みが成功しているってことはないのかな」

雷田が指摘を口にする。

「千回近くに及ぶ繰り返しはこの装置が原因で、犯人は無関係っていうのは」

「私も考慮しましたが、その可能性は薄いと思いますね。この装置を稼働させたのは『今日』が初めてではありませんから。巻き戻しが異常値を示してから稼働を止めた日もありましたが、変化はゼロでした」

「そう甘くはないか」

雷田はうつむいた。

「これで、全部です。これ以上の隠し事はありません」

博士は降参するように両手を開いた。

「先ほども言いましたが、蒼井さんは私の代わりに殺されたようなものです。私の手で時間を巻き戻し、彼女を甦らせることができるものなら、いくらでも尽力してあげたい。ですが現時点で、私の研究は行き詰まっています」

博士は姫崎に視線を落とした。ここから先は、姫崎が話すべきと考えているのだろう。

「皆さん、お願いがあります」

姫崎は姿勢を正し、声に力を込めた。

「皆さんご存じの通り、蒼井麻緒が今朝、遺体で発見されました。博士のケースと同様、巻き戻しを起こした人物による犯行と思われます」

その犯人が一同の中にいる可能性が高いことも承知の上で、言葉を絞り出す。

「私は、彼女を助けたいと願っています。彼女は私にとって大事な人でした。彼女を甦らせるためならなんでもしたい。ですが、私の頭脳も、権限も限られています」

深々と頭を下げる。芝居がかって映るかもしれないが、構っていられない。

「皆さんの力をお借りしたい。時間を巻き戻す試みに、協力していただけないでしょうか」

「はーん、水くさい！」

ばちん、と背中を叩かれた。驚いて顔を上げると大岩が笑っている。

「袖振り合うもナントカやないか。そんなん、助けるに決まっとるやろ！　まあ、私はなんもできんけど、雷田のボクやら、舞原さんがなんとかしてくれはるはずやっ」

「ちょっと、何を勝手に……」

不平を言う雷田を、オバちゃんは睨みつける。

「なんやボク、麻緒ちゃんを助けたないんかクズかっ！　このまま時間泥棒の好きにさせてええんかっ私らかて殺されるかもしれへんのやでっ」

「そうじゃなくて、なんとかできるかは分からないって言ってるんだよ」

少年は弁解する。

「協力はするさ、協力はするけど、徒労に終わるかもしれないよ？」

「大丈夫や、絶対成功する！」

オバちゃんは胸をどん、と叩く。

「皆が力を合わせたら絶対に道は開ける！　船頭多くして呉越同舟や！」

「それ、ダメな成語の方。しかも混ざってる」

つっこみながら、大岩の前向きさにあてられたのか、少年は口角を上げた。

「私も手助けさせていただきますよ」舞原が手を挙げた。「元々博士の実験をサポートすることが、私の役割ですから」

「私も。できることは微々たるものですけど」

烏丸も笑顔を見せた。

「手助けできることがあったら、なんでも相談してください」

黒川も同意してくれた。

「私は言うまでもない」

合間が歯を見せて笑う。

「警官として、姫崎君の友人として。蒼井さんを取り戻すことに全力を注ぐ」

「ありがとうございます。本当に……」

もう一度、姫崎は頭を下げる。目頭が熱くなるのを抑えられなかった。


夕方。ラボではキーボードのタイピング音がマシンガンのように鳴り響いている。北神博士と、雷田亜利夫の二重奏だ。時間の巻き戻しを発生させるため、異空間に存在すると想定されている知性体の小型版をこの世界に生み出すという試み。全員の人脈・アイデア・能力をつぎ込むことで、博士の独力では成し得なかったこの実験を成功に導こうというのだ。

「ただいま帰りました！」

黒川と烏丸が、ラボの入り口から入ってきた。ステージ衣装とメーキャップのままだ。黒川はUSBメモリを握りしめている。

本日、二人がライブイベントに出演すると聞いた博士が、キクナ・マトイのファンに協力を募《つの》ることを思いついたのだった。衆目に晒《さら》される状況であることから犯人が二人をライブイベントで襲う可能性は少ないと思われたが、念のため警備員も同行させていた。

「収穫です。百人近いお客さんが協力してくれました！」黒川は満足げだ。

USBには、会場でファンに装着させたセンサーから読み取ったバイタルデータが保存されているとの話だった。こちらの世界から異空間へ吸い上げられている情報がどのような内容なのかわからないため、これまで使用していた架空の情報以外も使ってみるべきではと雷田が提案したのだった。

「ありがと。この情報をシャッフルしてみるよ」

雷田がノートパソコンを操りながら言う。

「それと博士、今リプライがあったよ。『コッペリア』が処理能力の半分を貸してくれるってさ」

「半分ですか。期待以上ですね」

額を伝う汗もぬぐわず、博士はタイピングを続ける。「コッペリア」はスーパーコンピューターの名称だ。実台が存在するわけではなく、何千、何万という協力者の所有するパソコンから処理能力の一部を借り上げ、ネット上でつなげることによって稼働している。世界中に存在するこの種の「分散コンピューティングシステム」の運営機関に片っ端から連絡をとり、助力を得るのが雷田・舞原・北神博士の役割だった。加えて舞原の場合、古巣の伝手《つて》を通じて本物のスーパーコンピューターのレンタルも打診している。

「一セット、貸してくれることになりました」

少し離れた場所で電話をかけていた舞原が、博士に声をかける。

「昔の後輩で、問題を起こした際に揉《も》み消し……いや、助力してあげた人物がさる研究機関のトップに収まっていましてね。昔話をしたら無料で使わせてくれるそうです……」

悪役じみた笑顔を見せる。

「今からでも使えるそうです。使用するデータはどうします」

「先ほど、雷田さんが仕上げてくださいました。自己改良能力を有する、十二種類のプログラムを添付したものです。容量はさほどでもないので、メールで送信してください」

「了解しました」

執事のように恭《うやうや》しく、舞原は応じた。

——やることがない。

夜のとばりが降りかけている。

姫崎は手持ち無沙汰《ぶさた》のまま、無為に時を過ごしていた。プログラミングの専門家でも、その種の業界に強力なコネを有するわけでもない姫崎は、博士や雷田にお茶を出すくらいしかできることがない。あれだけ頼み込んで涙まで流したというのに、ばつの悪い話だった。

まったく役に立たなかったわけではなく、情報工学に詳しい同業者に連絡して分散コンピューティングシステムの一つを調達したりはしているのだが――それ以降、何もできていないのだ。

(情けない)

少しくらいこの分野の勉強をしておくべきだった、と悔やむ。いや、たとえ少々プログラミングが使えたところで、博士や雷田のレベルでなければ太刀打ちできないかもしれない。ラボの中央で腕組みして警備員の仕事ぶりを監督している合間のように、ここはどっしりと構えている方がいいだろうか。

入り口が開く音がしたので、そちらに目をやると、ドアの隙間から大岩が顔を覗かせていた。

無言で手招きしている。

何の用だろう。昼食の弁当を手配してくれた以外、この人も何もしていない。

建物の外へ出ると、大岩は森へと姫崎を誘った。

「内緒話があるねん」

迷ったが、姫崎は付いていく。大岩相手なら、取っ組み合いになっても勝率は高いと判断しての行動だった。

「今、ものすごく頑張ってはるやんか。雷田のボクも北神博士も舞原はんも、みんな。麻緒ちゃんを生き返らせるために、必死になってはる」

言われるまでもない。

「けどな、今になってこんなこと言うのもアレやねんけどな？　あの実験が成功して、時間が巻き戻るかどうかってのは、そのときにならんと分からんかもしれへんよなあ」

オバちゃんは激しい頻度で瞬きをした。

「わかる？　ウチの言うてること」

「理解できますよ。これまで巻き戻しは、同じ時刻に始まっている。知性体とやらが発生させている巻き戻し、犯人が何らかの方法で行っている巻き戻し、今、我々が試みている巻き戻し……それぞれ、同じ効果を生むかはわかりませんが、一時二十分になるまで成否は判別できない。失敗したと判った時点で、手遅れになっているかもしれません」

「ゴメンな、こんなこと言いだして。絶対成功する成功する言うときながら、ひどい裏切りやと思うかもしれんけど」

気にしない、と姫崎は視線で答える。むしろ、冷静さを保っているオバちゃんに感心さえしていた。

「それでなあ、麻緒ちゃんを助けるために、別のアプローチも必要やと思うねん」

興味を惹かれた。科学者やプログラマーを差し置いて、どういうアイデアを持っているというのか。

「私は素人やから、人工知能やらプログラムやらはさっぱりや。けど、そんなん考えんでもええやり方があるやろ。多分、犯人は巻き戻しのやり方を知ってるわけや。それやったら、犯人が巻き戻しをもう一回起こすように仕向けたらええねん」

盲点だった。姫崎は大岩に対する評価を改める。これで何度目だろうか？　自分は視野狭《きょう》窄《さく》に陥っていたのかもしれない。大岩の発想力は、無知の知、とでも呼ぶべきだろうか。いや、それは失礼だ。地《じ》の思考能力で、大岩は姫崎を上回っているということだ。

「最初、犯人は都合の悪いことがあったから博士を殺した。その後で、博士より麻緒ちゃんが生きている方が都合悪いってわかったから、今度は麻緒ちゃんを殺した。犯人にとってもっと都合の悪い、時間をもう一回巻き戻さなあかんような出来事があったら、麻緒ちゃんは助かるやろう？」

「仰る通りです。ですが、その『都合が悪い』がこちらには読み取れない」

「そんなことないやろ。誰にとっても、時間を巻き戻したくなるくらい、痛いことはあるやろう」

大岩は無表情になった。

「タカオくん、いう子がおるねん。ウチで経営しているラブホテルの管理とか、水道の配管とかを任せてる男の子でな、身体、ムキムキでな。顔はアレやな、映画の『ユニバーサル・ソルジャー』って知ってる？　あれに出てくる俳優さんで、ええと、ジャン＝クロード・ヴァン・ダムやない方の人みたいな感じ」

ドルフ・ラングレンだろうか。ずいぶんいかつい顔だ。

「タカオくんがどういう子かいうと、わけありの子やねん。ウチに来るまではヤの字の仕事やってたみたいやわ。子供のころからまともな暮らし、してへんかったみたいでなあ、親や兄弟に虐待みたいなことされてたらしいんやわ」

話が見えてこないが、姫崎は辛抱強く付き合うと決めた。

「そのタカオくんがなあ、私に言うねん。これまで、人に優しくされたことなんて一度もなかったって。この恩義に報《むく》いたいって。いや、私、別にマリア様とかちゃうしなあ、普通に話したり、世話してただけやねんで？　でもそれが、タカオくんには宝物やったらしいんやわ……」

姫崎も知っている。世の中にはそういう暗さを背負った人間が存在する。その手の人間にとって、オバちゃんのような人種が太陽に等しい恵みになり得る、ということも。

「タカオくんは言うねん。もし必要なときが来たら、私のために、どんなひどいことでも笑ってしてあげられる、って」

大岩の意図を理解し、姫崎は寒気を覚えた。

「たとえばな、全員の腕を、タカオくんに千切ってもらうねん」

オバちゃんは無表情のままだ。

「犯人がどんな奴でもこれはキツいやろ。絶対に巻き戻しをする。麻緒ちゃんは生き返る。タカオ君には酷なことをさせてしまうけど、巻き戻されたら全部忘れるから、チャラや」

少し唇を曲げて、オバちゃんは姫崎の顔を覗き込んでくる。

「腕千切るっていうのは、もちろんたとえの話な？　要は、普通では治らへんくらい痛めつけたったらええねん。誰が犯人かわからんからな。公平に、全員をそうするしかないけど」

合理的だ。じつにシンプルで、合理的。

「探偵さん、麻緒ちゃん助けたいんやろ。麻緒ちゃん大事なんやろ？　探偵さんがゴーサイン出してくれるなら、今からタカオくんに、電話する」

大岩花子はスマホを姫崎に示す。

答えは、決まっている。

「遠慮します。せっかくですが」

「……そうかあ」

「リスクが大きすぎると思います。今後も犯人が巻き戻しを発生させられるのかどうかが不明確です。最悪の場合、時間は巻き戻らず、麻緒は死んだままで、全員が回復不能の大怪我を負う羽目になる」

「そうやな、当然やなあ」

大岩はやわらかい笑顔を見せた。

「多分、断られるやろうとは思ってた。でも言うときたかってん。私の自己満足やな。ごめんな」

夜風に揺れる亀岡の木々を眺めながら、姫崎は古びたマグカップを思い出していた。あまり脈絡はない。麻緒が、事務所に入り浸っていたとき、愛用していたマグカップだ。歯科医でうがいに使わせるような、飾り気のないアルミのマグカップ。あれは麻緒が買ったものだったか。それとも俺が……。

「お疲れのようですね」

顔を動かすと、すぐ横に北神博士が立っていた。

「朝から、あまり寝てらっしゃらないのでは？　ご無理はなさらないように」

「俺はいるだけですから。博士こそご自愛ください」

「ええ、ですから休憩を取っています。雷田君も。もっとも彼は、まだまだ余力に溢れている様子ですが。驚嘆させられますね。十代の体力には」

そう言って笑う博士も、大して消耗しているようには見えなかった。

「しておいた方がいい内緒話があります」

博士の声がわずかに沈んだ。姫崎は意識を集中する。

「他のメンバーには、聞かせられない話ですか」

「ええ、犯人は、すでに気づいているかもしれない事柄です。けれども察知されていない可能性が残っている以上、姫崎さんにだけお伝えしておくべきかと」

博士はプレハブの壁を一瞥《いちべつ》した。

「先ほども話題にしましたが、この設備は本来、大波博士が相貌失認を科学的に作り出すために用意したものです。あの透明な円筒の中に人工知能を並べて、互いを見分けることができるかどうかを観察していた。しかし博士が開発したかったものは『人間に』相貌失認を引き起こす薬剤なのですから、単純にプログラムを組み合わせただけの人工知能だけでは、参考になりません」

「人間的な要素を、プログラムに加える必要があったと？」

姫崎が問うと、解答の早い生徒を褒めるように博士は口元をほころばせた。

「研究のためには相貌失認の発症者が必要でした。正確には、失認が回復する過程のデータが必要でした」

「治療過程の逆をたどれば、擬似的な失認を作れるかもしれないという発想ですね？」

「ご明察です。先天的な相貌失認に関しては、現在でも治療法は確立されていない状況です。しかし後天的な失認――たとえば側頭葉・後頭葉にある『顔領域』が外傷や腫瘍《しゅよう》によって機能不全に陥ったようなケースの場合――腫瘍を取り除いたり、負傷の治癒と共に失認が治るケースは多々、見られます。方々手を尽くして、絶好の検体を引き当てた博士は、患者の両親と交渉して、治療費の全額援助と引き換えに、症例をモニタリングする同意を取り付けました。そうして彼女が回復するまでの間、各種バイタルデータを採取することに成功したのです」

「今、『彼女』と仰いましたね」

ようやく意図がわかった。

「まさか、検体というのは」

「蒼井麻緒さんです」

姫崎は軽いめまいを覚えた。

「偶然、ですか？」

「こればかりは、巡り合わせと呼ぶしかありませんね」

運命や神を肯定したくないのか、博士は不機嫌そうに頷いた。

「私も、この周回で初めて知りました。大波博士の実験日誌を確認したところ、彼女の名前が残っていたのです」

「博士の次に、麻緒が狙われた理由はそれですか？」

今朝、麻緒と連絡が取れないと聞かされた直後に気にかけていたことだ。彼女が殺されたことで、隅に追いやっていたのだが。

「なんともいえません。犯人が使用している巻き戻し技術がどのようなものか、昔のラボの情報をどこまで知っているかも分かりませんからね。ですけれど、幼《おさな》い時分の蒼井さんが時間巻き戻しとも無関係とはいえない実験に参加していた事実をつかみ、犯人は想像を逞《たくま》しくしたのかもしれません。『彼女も独自に巻き戻し実現に挑んでいるのではないか』とか」

まさか、と一笑に付すことは難しい。

犯人自身も、巻き戻しの研究に着手していることをこれまで隠しおおせているのだ。ならば、同じ経緯を他人に当てはめて考えるかもしれない。

無関係の分野とはいえ、麻緒は大学院で学んでいるのだから、研究者としての側面も有している。犯人に警戒されたとしても不自然ではない。

つまり博士や雷田と同程度に厄介な存在と見なされたからこそ、殺されてしまったのか？

「とにかく、時間遡行が成功した後も、蒼井さんは犯人に狙われるかもしれません。そこは注意していただく必要があります」

そう告げて、博士はプレハブへと戻った。

残された姫崎は、再び物思いにふける。

新しい事実が謎を引き連れてやってきた。

いずれにせよ、巻き戻しを成功させただけで万事解決、とはいかないようだ。


二十三時を回った。

博士たちがコネの限りを尽くして使用権を得た、世界最高峰の処理能力を持つスーパーコンピューターたち。ネットを介してそれらに何千回と試行させたが、芳しい結果は得られなかった。

「ダメだ、生まれない！」

雷田がノートパソコンに突っ伏した。

「あるはずなんだ、可能性は……でも兆しさえ見えない。このプログラムじゃあ、ダメなのか？」

誰一人、眠りについてはいない。大岩も、黒川も、もちろん姫崎も、この雲をつかむような挑戦を見守っていた。

「これはツラいな。正しい方向に進んでいるのかさえ判断できないというのは」

少年の目元に疲労が色濃く浮かぶ。傍らの北神博士はポーカーフェイスのままだが、腱鞘《けんしょう》炎《えん》にでもなりそうなのか、両手をひらひら動かしている。

「屈辱ですね」モニターを注視しながら、博士がこぼす。

「半世紀、私はこの研究に取り組んできたのです。にもかかわらず、犯人に先を越されてしまっている」

「まあまあ、あまり根を詰めずに」

舞原がコーヒーを持ってきた。ラボの奥に小ぶりなキッチンがあり、そこで炊事を行っている。ちなみに夕食を作ってくれたのはオバちゃんだった。タカオくんの件を辞退したが、とくに態度は変わらない。

カップを博士の前に置き、舞原は労りの言葉をかける。

「一旦、休憩をとりましょう。巻き戻しのリミットが近い。頭を切り替えて、それからラストスパートだ」

「ありがとう。でも悔しいわ。巻き戻しに関しては、誰にも負けたくない」

「それなんですがね。まさか、犯人はゼロから巻き戻しの研究を始めたわけではないでしょう」

舞原は円筒に浮かぶ基板の群れを見た。

「このようなユニークな研究題材がバッティングするとは思えない。何か、別の目的でハッキングなどを駆使して博士の研究内容を盗み見た。そして博士の仮説に興味を持ち、博士を出し抜く幸運に恵まれた。九分九厘の段階まで研究を進めたのは博士の功績です。必ずしも、犯人が博士より優れた研究者とは限らないのでは？」

聞いていた姫崎の頭に、もやもやとした何かが生まれた。

「褒めてもらえるのは嬉しいですが、研究とは、最後の扉を破ったものに称賛が与えられるものです」

博士は首を横に振る。

「フェルマーの定理、ポアンカレ予想……皆、そういうものです。もちろん、先駆者にも一定の栄誉は与えられますけれど」

つかみどころのない何かは、突破口への足掛かりに思われた。コーヒーを飲み終えた博士に、姫崎は訊ねる。

「本日伺った巻き戻しの仮説は、博士のパソコンにまとまっているのですか」

「すべて保存しています。自宅のパソコンに。書籍にするような体系立てた形ではなく、箇条書きの集合ですが。セン・ミウアートの論文も含め、まったく知識のない方には何のことやら分からないかもしれませんが、ある程度知見を得ているものなら理解できるはずです」

合間が口惜しそうに目を閉じる。前回、博士が殺害された周回で、警察は博士のパソコンをチェックしているはずだが、読解できなかったのだろう。

「記録していたのは、オーロラのかけらの保管場所もですか？」

「その件もです。今考えると、迂闊ですね。優れたクラッカーなら、スパイウェアを駆使して窃視できる可能性がありました。ただ私は、不慮の事故などでこの研究が中断されるケースを危惧していたのです。私に何かあった場合、誰かに研究を受け継いでもらえないかと期待していました」

「金庫のパスワードも入っていたのですか」

「それはさすがにありません。セキュリティー上、いくらなんでも不用心なので」空のコーヒーカップを、博士は弄《もてあそ》ぶ。「今考えれば、ラボに監視カメラの類を設置しておけばよかったですね。そうすれば、犯人の映像が残ったのに……」

言葉を切って、博士は目を細める。

「探偵さん、何か、考えていらっしゃるの」

「引っかかることがあるんです。言葉にはできないのですが」

「ああ、そういう感覚は大事ですね。私にも経験があります。『解答は分かっている。でも、どう書けばいいのか分からない』、矛盾のようでいて、真実なのです。その段階に到達したなら、答えは早いかもしれませんよ」

「ひょっとして、僕が犯人とか言い出さないよね」

雷田が顔を上げる。

「『犯人は、博士のパソコンに侵入する必要があった。その技術を持っているのは雷田亜利夫』みたいな理屈でさ」

それはない。雷田にそういう能力があることがはっきり分かっているというだけで、他のメンバーもハッキング技術を隠し持っている可能性はあるからだ。だから、犯人を特定する材料にはなりえない。この辺りは、前に麻緒・合間と相談していた内容だ。

姫崎の脳内を、ぐるぐると言葉が巡る。先ほどの舞原の発言だ。

――必ずしも、犯人が博士より優れた研究者とは限らないのでは。

「聞いてるのかよ。おーい」

雷田の声が遠い。つかんだ気がする、時間の巻き戻し。大岩の提案とも違うかたちで、それを成功させる方法が――。


ぱつり、と何かが切れる音。

ふいに暗闇が、姫崎を包んだ。


「くそっ、こんなときに！」

雷田が叫ぶ。

「停電かよ。博士、ブレーカーどこ？」

「皆さん、動かないでください」

合間には珍しく、威圧的な声を出した。

「こちらで確認します。誰か、懐中電灯を」

ラボの四隅で、同時に光が灯る。警備員だろう。光の一つが姫崎の方へ近寄ってきた。

その光が、中途辺りで下に転がった。

「北条《ほうじょう》か？　何をしている」

ボリュームを上げた合間が、警備員の名を呼んだ。

返答はなかった。

一番光に近い場所にいた姫崎は、確かに嗅《か》いだ。

血の匂いだ。

次の瞬間、地の底まで届くような轟音《ごうおん》が鳴り響き、姫崎は意識を失った。


森の中にいる。闇の中、葉の影がわずかに青い。

青い輪郭が万華鏡のように分離・融合を繰り返し、最後に合間の形になった。

「しっかりしろ！」

滝のような手で揺さぶられて、姫崎は意識を取り戻した。

「立てるか？」

頷いて、体を持ち上げる。雑草の上に寝かされていたようだ。

思い出す。轟音は、おそらく爆発だ。吹き飛ばされた。あるいは誰かに庇われ、突き飛ばされた。炎と煙を潜《くぐ》り抜け、外へ出たところで意識を失った。おそらく酸欠が原因だろう。

「犯人ですか」

闇の中、合間の影に訊いた。

「……そうとしか考えられない。私の判断が間違っていた」

苦渋を嚙み潰すような合間の声。

「巻き戻しのノウハウを独占するつもりなら、犯人は、薬を飲んだ者を皆殺しにするつもりかもしれないとは考えていた。だから全員を集めて監視する対策を採った。だが、まさか！ その状況で犯人が実力行使に出るとは予想外だった！」

姫崎は舌打ちする。犯人が、こちらの予想より大胆な性格かもしれないという危惧を、合間に伝えるべきだった。とはいえ、ここまで大胆とは考えなかったが。

「状況を簡単に伝える」

合間は声のトーンを落とした。

「警察へ連絡はついていない。停電が続いている。爆破装置の類で、ケーブルが切断されたのかもしれない。光通信なので、ラボの室内電話も使えない。携帯を使ったがそれも通じない。おそらくジャミングがかかっている。警備員の無線も同じだった」

それくらいは用意しているだろうな、と姫崎は驚かなかった。

「直接伝えに行くしかない、ということですね。確かこの辺、民家もかなり離れていたから」

姫崎のいる場所から、ラボの外観が見て取れる。プレハブの壁に破損部分は見受けられず、煙も臭ってこない。爆発物は、大した破壊力ではなかったようだ。犯人もあの場にいただろうから、当然かもしれないが。

「博士は、他のメンバーは？　警備会社の人はどこにいるんです？」

「姫崎君、落ち着いて聞いてくれ」

合間の声は、麻緒の死を告げた際と同様のテンションだった。

「あのプレハブから、出てこられたのは私と君だけだ」

一瞬、意味が理解できなかった。

「……どうしてそういうことになるんです」

「判ることだけ話す。爆発物が炸裂《さくれつ》した直後、私は意識を失っていた。おそらく一分に満たない時間だったと思う。転がっていた懐中電灯で周囲を見回すと、煙の中に何人か倒れているのが見えた。同時に誰かが動く気配を感じた。応戦するため、私はラボの四隅を回って、警備員を集めようとしたのだが」

闇の中でもわかる。合間の首筋から汗が流れている。

「八人とも、すでに殺されていた」

「ばかな」

姫崎は合間との距離を詰める。

「皆、元警察官で合間さんに鍛えられた精鋭だって話だったでしょう」

「犯人が使用した爆発物は、おそらく音響閃光弾《せんこうだん》だ。強烈な光と爆音でショックを与え、数十秒から数分の間、麻痺《まひ》や気絶状態を引き起こすものだ。これは、どんな精鋭でも対処は難しい」

「それでも、この人数ですよ？」

まだ姫崎は納得できない。警備員も含めて、ラボ内には十名以上がひしめいていたはずだ。

「警備員八人を殺め、俺たち以外のメンバーも……それを一分足らずでこなせるものですか」

「可能だと思う。何百回、何千回とシミュレーションを重ねれば」

「……巻き戻し、ですか？」

「それしかない。この犯人は、千回近い巻き戻しを体験している。予め博士が協力者を募ることを想定した上で、一人で複数人を同時に殺害できるような手段を準備していたんだ。なにしろ千回近くだ。練習はいくらでもできる。音響閃光弾という特殊な武器をわずかな時間で調達する方法も吟味したのだろう」

姫崎は忸怩《じくじ》たる思いだった。合間が他のメンバーの生死を確認せずに外へ出てきたのは、間違いなく姫崎を助けるためだったろう。死んでいるかもしれないメンバーより、確実に息がある姫崎を優先したのだ。

「さて、私はこれからラボへ戻る」

合間の影が、姿勢を正す。

「正気ですか。まだ犯人がいるかもしれないのに」

姫崎は合間へ近づいた。犯人の手の内がまったく読めないのだ。加えて、中に入っても全員殺されている公算が高い。

「行かなければならない。刑事だからな」

闇の中でも合間の笑顔が見て取れた。

「中に入ったら、警備員が持っているはずの携帯用照明を起動させる、それからメンバーの死体を確かめる。確認できたら大声で叫ぶから、頭に入れてほしい。この距離なら聞き取れるはずだ」

合間の意図するところが理解できた。犯人が邪魔者をすべて始末しても、死体の数は一つ足りないはず。死んでいないのが犯人という結論になるからだ。

「もちろん犯人に襲われたら、そいつの名前を怒鳴《どな》る。聞こえたら、その時点で私のことは考えなくていい。近くの民家に飛び込んで、警察へ連絡するんだ」

「了解しました。どうか、お気をつけて」

「これを渡しておく。どこかに隠しておいてくれ」

合間が手渡したのは、スマホとスーパーのレジのバーコードリーダーを混ぜたような、掌《てのひら》大の機械だった。

「S・Rだ」

「……なんです？」

「正式名称は傷痕記録装置《しょうこんきろくそうち》。来る前に話しただろう。被害者の傷口を走査して、同一犯・同一凶器によるものか照合する機械だよ」

姫崎は掌の機器をしげしげと眺めた。こんなに小さいものだったのか。

「これは携帯用だが、精度はまずまず信頼できる」

「使ったんですか。誰かに」

「殺された警備員の一人に使った」

合間はラボの入り口に鷹《たか》の眼光を注いでいる。

「結果は前回の北神博士、今回の麻緒さんと一致した。説明用に、麻緒さんの傷口データも入力されている」

（すくなくとも、麻緒は『時空犯』ではなかったわけか）

そう決まったところで、嬉しくもなんともなかった。犯人でもいいから、麻緒には生きていてほしかった。

「君こそ気をつけて。犯人が外に回った可能性もゼロではない」

言うや否や、合間はラボへ走り出した。口元をハンカチで押さえている。

ラボの入り口は開放されている。爆発物の影響か、犯人がカードで操作したのかは分からない。煙が噴出する様子はない。すでに流れ切ったのだろう。

姫崎は時計を確かめる。二十三時二十分。停電の前から、それほど時間は経過していない。

合間は入り口前で立ち止まり、内部に何かを投げ入れた後、建物内へ消えた。

約三十秒後、入り口から光が漏れた。照明を作動させることに成功したのだろう。

さらに一分。何も聞こえない。

不安が募る。照明が入ったのならメンバーの顔を確認できるはずだ。それなのに、何の反応もない。

さらに三十秒。

「逃げろ！　姫崎君、早く逃げるんだ！」

合間の叫び声が響いた。


それから二分。何も聞こえない。姫崎の全身を焦慮が走る。

合間はどうして、死んでいたメンバーの名前を教えてくれなかったのか。逃げろと告げたということは室内で犯人に出くわした可能性も高い。それなのに、なぜそいつの名を伝えてくれないのか。

(どういうことだ？)

とにかく、作戦が破綻《はたん》したことは間違いない。

逡巡する。合間の指示通り、ここから逃げ出し、近隣の民家か警察署にでも逃げ込むべきか。

あるいはラボに飛び込み、犯人との対面を選ぶか。

理性的に考えれば、逃亡を選ぶのが正しい。

しかし姫崎の脳内で、そうではないと繰り返す何かがいる。その何かは、先ほど、舞原の言葉に引っかかった疑念だ。

今、ラボを離れてしまったなら、真相への足掛かりを失ってしまうかもしれない。そういう予感があった。

（行ってやる。ただし、無理はしない）

冷静な視点で、自身の性能に評価をかける。俺は合間警視や警備員より格闘に優れているか？　否。場数を踏んでいるか？　否。ならば、何か切り札があるらしい犯人に立ち向かうのは難しい。

だから、観察だけをする。合間警視にも他のメンバーにも申し訳ないが、助けることは考えない。犯人を見たらすぐに離脱する。犯人を特定するだけでも、事態の打開につながるはずだ。

S・Rは木陰《こかげ》に隠す。万が一のことになっても、警察なら見つけてくれるだろう。

走った。森を抜ける前に木の枝を一つ拾い、入り口に投げ入れる。同時に飛び込んだ。

見飽きた円筒の群れが、今は怪物の住まう迷宮のように剣呑《けんのん》だ。

入り口周辺は薄暗いが、ラボの中心部に近づくにつれて光度が上がっている。おそらくその辺りに携帯用の照明があり、すくなくとも合間はそこまでたどりついたことになる。

息を殺し、円筒の死角に注意を払いながら進む。三つ目の円筒を通り過ぎた際、隣の円筒にもたれかかる人影に気づいた。

合間警視だった。中空を眺めるような虚ろな表情。胸元が赤く染まっている。すでにこと切れていた。

感情の暴発を、姫崎は懸命にこらえる。合間由規は尊敬に値する警察官だった。理想に疲れるでもなく現実に摩耗するでもなく真っすぐ立ち続ける巨樹のような人柄に、姫崎は好感を持っていた。

その心が、失われてしまった。

（違う、まだ取り戻す機会はある）

悲嘆をこらえ、姫崎は歩みを進める。

床の数ヵ所に、停電前はなかったはずの焦《こ》げ跡を見つけた。音響閃光弾とはいえ、多少の熱は発生させるのだろう。すでに消火されているようだ。

ふいに、甘い匂いが漂ったため、姫崎は床から目を離す。直進する度に匂いは強くなる。突き当たりのキッチンまでたどりついた。

キッチンを覗きこんだとき、強い吐き気に襲われた。

そこには舞原・雷田・大岩が重なるように倒れていた。床に大量の血だまり。三人とも死人の顔色だった。

左手に回ると、隅にあおむけに倒れた警備員と、その上に覆い被さるもう一人が見えた。弱い光の中でも警備員は制服でそれとわかる。しかし被さっている方は判別ができない。緊張が、加速する。

すでに舞原・雷田・大岩が犯人候補から除外された。次の死体を確認することで、犯人は二名程度に絞り込まれてしまう。

若干、速度を上げ、姫崎は俯《うつぶ》せの死体に近づいた。

そこに倒れていたのは、合間警視だった。

「……どういうことだよ」

思わず、声を漏らしてしまう。

意味がわからない。ここへ来る途中、合間警視の遺体をすでに見た。円筒にもたれ、すでに落命していた。

その死体が、なぜここにある？　犯人の仕業だとしたら、意図がまるでつかめない。

混乱に包まれ、姫崎は、死体を凝視した。

そのとき——死体の顔面が、溶けた。

ううっ？　と呻いてしまう。

さっきまで合間警視だった死体の顔は、溶けてぐるぐると混ざり、マネキンのような無個性に固まった。

なんだこの事態は。なにを見ているんだ？

パニック寸前の心を懸命に押しとどめ、姫崎はキッチンに戻った。

そこに重なっていた三人も、すでに舞原と雷田と大岩ではなくなっていた。さっきのマネキンとも違う。誰かの死体がある。それは間違いがないのだが、それが誰なのか分からない。死体の直前まで顔を近づけてみる。そこに顔があり、眉があり、目が、鼻が、口があることは間違いないのに、そのまとまりから個人を識別できないのだ。

冷静になれ、と姫崎は自分に言い聞かせる。混乱した精神状態のせいではないと仮定した上で、この状況を解釈しろ、説明しろ。これはまるで、舞原の語っていた相貌失認のような——。

（そうぼうしつにん）

思い付きに、愕然《がくぜん》とする。

（医学博士の大波陽一氏です。三年前に亡くなった後、北神博士がご遺族からラボを買い取りました）

（故人を評するのに不適当な表現かもしれませんが、いわゆるマッドサイエンティスト的な発想をお持ちの方でして）

（相貌失認を引き起こす薬剤を開発していました）

舞原の言葉が回る。このラボの、前の持ち主。その研究目的。

そういう薬が、すでに完成していた？　あるいは完成させたのか？　犯人が！

犯人は、スパイウェアなどを駆使して、北神博士の研究内容を窃視していた可能性が高い。その中に大波博士から受け継いだデータが含まれていたのかもしれない。千回近い巻き戻しの中で、犯人がそのノウハウを完全にものにしていたとしたら——。

合間警視が死体の名を告げずに殺されたこと。

監視態勢の敷かれる中、たった一人で十数名の殺害に着手するという大胆な行動。

どちらも説明がついてしまう。そして、姫崎がここに来たことも無意味となってしまう。

そのとき、背後に足音を聞いた。

振り向くと、目の前に犯人が立っていた。

この状況で姫崎の目の前に現れる人物は、犯人以外に考えられない。しかし、それ以外は何も区別できなかった。眼前にいるというのに、性別も、身長も、服装さえ認識できないのだ。ただ、人間がそこに立っている、という事実だけが判る。

「畜生」

姫崎は己のうかつさを罵った。

混乱を、見せてしまった。薬が効いていると、教えてしまったも同然だ。


「ふざけるんじゃねえぞっ」

してやられた屈辱。麻緒を、合間を殺された復讐《ふくしゅう》。意のままに時を巻き戻す、神のような不遜《ふそん》さにたいする反発。

それらの感情が、姫崎を激昂《げきこう》させていた。もう、駆け引きなどしてたまるか。策略など知ったことか。この場でこいつをぶちのめす！

「ああらあっ」

間合いを詰める。襟元らしき部分をつかむ。犯人の姿は認識できないままだ。今は全身が靄《もや》のような不定形に包まれている。それでも、幻覚ではない。つかんでいる。手ごたえを感じる。

靄が、ふいに晴れた。

あらわになったその姿に、姫崎の思考は固まった。

「麻緒」

それは、姫崎がなんとしてでも救いたいと願った大事な人の姿だった。姿だけだった。

さく、と小気味良い音が、姫崎の身体に伝わった。

姫崎の脇腹に、アイスピック状の刃物が突き立てられている。

麻緒の姿をとった犯人の顔は、氷結したような無表情だ。凶器を引き抜く。後ろに退いたその姿が、再び靄に包まれる。そのまま踵を返し、入り口へと走り去った。

「……この、ばか、やろう」

崩れ落ちながら、姫崎が罵るのは犯人ではない。相貌失認を引き起こすという薬物。いつ吸い込んだのかは定かではない。キッチンで、不自然に甘い香りを嗅いだ覚えがあるので、そのときかもしれない。

この薬品は、相手に見せる姿を調節できるのだろうか？　そこまで優れものとは、姫崎は信じない。おそらく、姫崎に麻緒を見せたのは姫崎自身だ。

「揺らいでるんじゃねえっ！　姫崎智弘っ！　台なしだ……お前の感傷のせいで……」

涙がこぼれた。痛みはそれほどではないが、この刺し傷は致命的なものなのだろう。殺しなれている犯人が、自分を放ってラボを出た事実が証明している。

まったく愚かだった。合間の指示にも従わず、激情に走った結果がこれだ。自分は死ぬ。麻緒も甦らず、他のメンバーも巻き添えにしてしまった。

敗因は、姫崎自身の弱さだった。自分を冷血だと思い込んでいた。機械のように物事を仕分け、感情も置き換え自由な乾いた人格なのだと勘違いしていたのだ。そんなものじゃあ、なかった。人の心が、麻緒のようにまっすぐぶつかってくる心が怖くて、機械人間を気取ることで距離を置いていただけだった……。

「すまない、麻緒。すみません、合間さん」

血が、流れ始めている。このまま負け犬として終わるのか。

姫崎の視線は、床の焦げ跡と、打ち捨てられた消火器に注がれている。意識が薄れる。もう眼球を動かすのも億劫《おっくう》だ。この汚い風景が、最後に目にするものなのか。


――おかしい。

脳内に燻っていた引っかかりが、叫び声を上げた。

――見過ごすな。打ち捨てるな。これは、お前のやるべきことだ。

――考えろ。機械だろうが、臆病《おくびょう》だろうが関係ない。お前に残された最後の武器、それは考え続けることだ。

姫崎は立ち上がる。血の流れる脇腹を押さえ、生命のリミットを先延ばしにしようと試みながら、床の焦げ跡を眺めた。

焦げ跡、消火器。おそらく爆弾が原因と思われる火災。すでに鎮火しているが、誰が消したのか？

合間の説明では、爆弾が炸裂してから一、二分で脱出したとの話だった。その時点で警備員は全員殺されていた。他のメンバーも、すでに殺されている可能性が高い。

つまり消火活動を行う暇があったのは、犯人だけだ。

ラボの火災を、なぜ犯人はわざわざ消す必要があったのだろうか。脱出した合間と姫崎を追う方が、先決ではないか。にもかかわらず、犯人は火を消すことに注力した。考えようによっては、消火活動を行っていたから、合間が戻ってくるまでラボ内に残っていたとも解釈できる。

そもそも犯人は、どうして音響閃光弾なんかを使用したのだろう。通常の爆弾の方が入手はたやすいだろうし、服薬したメンバーを一網打尽に片付けたいのであれば、ラボごと吹き飛ばす方が簡単なはずだ。他のメンバーを残し、一人だけラボを離れる機会はゼロではなかった。

そうしなかったのは、ラボで火災を起こすこと、ラボ全体を爆破することを避けたかったたから。それは犯人にとって都合の悪い選択だったから。

「もしかすると」

姫崎は独り、呟いた。

「このラボを破壊することが、巻き戻しのトリガーなのか」

あるいは——破壊することで生じる何らかの状況がトリガーになるのか。

理屈をつなげているうちに、舞原の発言が甦った。

（まさか、犯人はゼロから巻き戻しの研究を始めたわけではないでしょう）

（必ずしも、犯人が博士より優れた研究者とは限らないのでは？）

舞原の想定を、正しいものと考える。

犯人は北神伊織を凌駕《りょうが》するほどの天才ではなく、彼女のパソコンデータをハッキングすることによって時間巻き戻しの情報を得た。この人物が、閃きや思考の積み重ねによってではなく、博士より先に巻き戻しを成功させたとすれば、どういう状況が考えられるだろうか？

偶然、としか考えられない。

ではその偶然を発生させたのは、どういう経緯か？

犯人の思考をトレースしてみよう。巻き戻しに興味を抱いた。巻き戻しの認識を引き起こす「オーロラのかけら」が博士のラボに保管されていることも知った。かけらの実物を見てみたい。あるいは入手してみたい。そう思ったかもしれない。

そして実際に、このラボを訪れた。カードキーがなければ入り口からは入れないし、パスワードを知らなければ金庫も開かない。ただし、ラボの外壁、金庫共にトップクラスに頑丈な代物ではない。警備態勢もさほど厳重ではない。この状況で警察や警備会社が急行してこない点を考慮すると、ラボの外壁を破壊したり金庫をこじ開けても、警備会社に連絡が入るわけではなさそうだ。

犯人は、強引にラボへ侵入した。あるいは侵入しようとした。

その結果、巻き戻しが発生した？

思考しながら、姫崎は警備員の死体をまさぐっている。誰なのかわからなくなってしまった死体をどかし、その下の警備員（やはり顔は判別不明で、制服も霞がかかっているので、位置関係で判別するしかない）の死体をまさぐっている。程なく警棒を探り当てた。現時点で姫崎が思い付く、最も破壊力の高い道具だ。

身体を引きずり、金庫の位置を目指す。脇腹から下が冷たい。おそらく失血死寸前だ。円筒の輪郭さえぼやけ、足元もおぼつかないのが、薬物の影響なのか、失血によるものなのか判別できない。時間との闘いだ。姫崎の目論見《もくろみ》が成功したなら、いくら傷を負っていようが関係ない。麻緒も、合間も、誰が誰だかわからない死体たちも、巻き戻しで復活する。

金庫の位置にたどりついた。目がかすみ、立つこともままならない。気張れ。あと少し。あと少しだ……。

この中に保管されている、オーロラのかけら。

犯人はこのかけらを盗み出そうとした。その際、北神博士が試みなかった行動を選んだ結果、巻き戻しが発生したのではないだろうか。

何十年もの間、北神博士は巻き戻しの研究を続けてきた。おそらく様々な実験を行ったはずだ。その北神博士もしなかった……できなかった行為があるとすれば、それはただ一つ。

かけらを完全に破壊することだ。

姫崎は警棒を金庫の扉へ突き立てた。

ぎいん、と神経に障る金属音が鳴り響くが、扉自体は微動だにしない。

二度、三度、繰り返す。扉と本体の境目を狙う。反動が手元から胴体に伝わり、創傷にダメージが及んだ。体の内部に、どろどろと流れる感触。内臓の傷が悪化したかもしれないが、構っている余裕はなかった。

扉はまったく歪まない。もっと効率的な方法はないだろうか？　疑念が浮かぶ。ラボのどこかに博士が倒れているはずだ。彼女が持っているだろうカードキーを拝借しては？　いや、パスワードが分からない。そもそも博士がラボの中で死んでいる保証もない。いち早く脱出した可能性も、ゼロではないのだ。

迷うな。これが最善なんだ。目がかすむ。もう頭を働かせる余裕もない。集中しろ、集中しろ……。

後ろへ下がり、任侠《にんきょう》映画の刺客のような体勢で警棒を構える。助走をつけ、扉にぶち当てるのだ。

「おおおおおおっ」

突進を敢行した姫崎は、体内で何かがぷちぷちと切れる音を聞いた。雷撃のような痛み。そのまま金庫へぶつかる。ずがっ、と鈍い響き。跳ね返され、床に転がった。

「うっ、ううっ」

口から熱いものが零《こぼ》れた。血の味だ。いよいよ本格的に壊れてしまったらしい。それでも、立ち上がらなくては。

扉の隙間が、ほんのわずかだけひしゃげている。そこからかけらを収納していたケースの一端が覗いていた。

警棒を突き当て、ハンマーのように右手を打ち込む。開いてくれ、割れてくれ、割れてくれ……。

再び、体の底でぶちぶちと激痛が走った。

気づくと、あおむけになって天井を見上げていた。意識を失っていたらしい。休んだせいか視界は明瞭に戻っているが、手足の感覚がゼロだ。肉体が限界を迎えたのだと、姫崎は悟った。

視線を、天井から金庫へずらす。ほんの数ミリ、こじあけた扉の隙間。

その数ミリから、白い粒子が漏れ出していた。

白い粉粒は次第に量を増し、空調もないのに天井へ昇っていく。

雲のように集まった後、渦をまき始めた。木星の斑点《はんてん》に似た、荘厳さを感じさせる回転模様だ。やがて大きな渦は小ぶりな渦へと分かたれ、その一つ一つが、姫崎のところまで長く伸びてパルプのように垂れ落ちてきた。

(オーロラ?)

オーロラそのものとは違う。しかし、オーロラと表現する以外にない形状だ。その異様な何かに、ぴきり、と亀裂《きれつ》が走った。

次の瞬間、オーロラは粉微塵《こなみじん》に砕《くだ》け、四散した。

白い粒子が床に降り注ぐ。先ほど金庫から舞い上がったときとは違う、何らかの力を失った、単なる粉末に見えた。

——破壊。成功、したのだろうか。

薄れる意識の中、姫崎は考える。どうしてかけらの破壊が時間の巻き戻しにつながるのか、明確な理由付けは難しい。

だが推測はできる。博士は知性体の同類を作り出すことが巻き戻しのトリガーになると考えていた。神のごとき演算能力を有する存在であれば、自身と同一の存在が生まれる可能性を忌避するだろうとの発想だ。

しかし、反対の考え方も可能だ。知性体が、我々の理解するような自我の持ち主ではなく、拡大し続けるアメーバのような存在だとしたら。むしろ自分のコピーが異世界に作成される状況を歓迎するのではないだろうか。

いずれにせよ、知性体はオーロラのかけらを通じて、自らの分身が誕生するかもしれない状況を監視し続ける必要があるはずだ。

その際かけらが破壊されたら、知性体はどう動くだろう。新しいかけらを送り込むコストより、過去に干渉して時間を改変する方が安上がりなら、監視を続けるため、時間を巻き戻す方を選ぶかもしれない。

(頼む、正解であってくれ)

姫崎は祈る。巻き戻しが始まるのは一時二十分。過去千回近く、このタイミングに変化がなかったということは、かけらを破壊した直後に巻き戻しが発生するわけではないという意味になる。毎回同じ時刻に犯人がかけらを破壊していたとは思えないからだ。知性体は一時二十分の時点で巻き戻しを起こす事態になっているかを判断しているのだろう。

まだ零時前。それまで生きられそうにない。姫崎には推測が正しいかどうかを判断できないのだ。

床に零れた粉末を、姫崎は、ただただ眺めていた。オーロラを観た。美しい光景だったが、やはり人生最後の景色にはしたくない。

「麻、緒」

呟きと共に、姫崎は血を吐き出した。

九百八十一回目の二〇一八年六月一日、二十三時五十六分。

姫崎智弘は死んだ。

第四章　知性体

魚の夢を見ていた。

コバルトブルーの海。波間を漂ううち、少しずつ身体が重みを増し、深部へと沈み始める。いや、正確には身体の存在も定かではない。ただ海中を見つめる視点があり、ゆらゆらと落ちていく。

目の前を白い魚群が通り過ぎた。腹に虹色《にじいろ》のひれを持つ、美しい魚だった。数千というまとまりも、こちらが沈み続けるため次第に小さくなって、最後には豆粒と消えた。

かなりの深海まで降りてきたようだ。辺りは黒に近い紺色。気泡一つない、単調な風景が延々と続いている。

瞬間、橙《だいだい》の炎が視界をかすめた。それは棘《とげ》の背びれを持った巨大な深海魚だった。大きな目玉は人間のそれに似ているが、黒目が左右にぎょろつかず、常に一定の位置を保っているため、感情というものが窺えない。海の底で、この巨大魚は何を考えて過ごしているのだろう。眠ることはあるのだろうか。夢見たりするのだろうか。

そんな想像を巡らせながら、さらに深部へと落ち続ける。不安はない。奇妙な安らぎに包まれている。ずいぶん、風変わりな夢だ……。


違う。夢ではない。

姫崎は気づいた。根拠はない。ただ、他人の靴を履いているような違和感が続いている。これは夢ではない。すくなくとも俺が観ている夢ではない。

ここは、どこなんだ？

疑問を浮かべた瞬間、深海は消えていた。今度は、空にいた。白と灰色。二色に分かたれた空で、雲の切れ目すれすれを飛んでいる。弾丸のように黒い光が正面を横切った。カラスの仲間だろうか。旋回し方向を変え、群れになって前方へ飛び去った。ゴミ捨て場では傍若無人な黒い鳥も、灰色の空に霞む影はやわらかい。

俺は、どうなったんだ？

思考を切り替えた瞬間、今度は林に移動している。奇怪な林だった。クレーターが数多く穿たれた大地に、葉も、枝もない樹《き》が無秩序に生えている。あるいは、林ではないのかもしれない。そう思い始めたとき、上空から塊が降ってきた。

ノミだ。

それは、生物の教科書で目にした拡大写真そのままの姿だった。それでは、ここはネコか人間の肌の上だろうか。

姫崎は分析する。どうやら自分は、様々な生物の視点を拝借しているらしい。あるいは、生き物の夢に潜り込んでいるのだろうか。それとも。記憶？

——記憶。

なすすべなく漂っていた思考を、姫崎は一瞬で引き締めた。複数の生物から吸い上げた記憶。その集合体。

（もしかして俺は、『知性体』の内部に取り込まれたのか？）

思い出した。ラボで死にかけながら巻き戻しを試みていた。気がついたら、こうなっている。これは成功したことになるのか。それとも知性体にも制御できないようなエラーを発生させてしまったのだろうか。

こうしてはいられない。今の自分がどういう状態なのかも判然としないが、とにかく元に戻ろうと努力をするべきだ。この中ではない、どこか外側へ。姫崎が念じると、それまでままならなかった視点がある程度自由になった。高さ、スピードを調整できる。もっと速く、もっと高く。念じ続けると、世界が切り替わった。ノミの世界ではない。今度はマグマの上にいる。

黒い岩盤がところどころひび割れ、血のような溶岩が流れる大地。溶岩の上を、球体が列を成して進んでいる。岩のサイズから比較する限り、大きさは象くらいあるだろうか。装飾のない、緑の球体。その下部から、ヤドカリのような足が生えている。

どうやらここは地球ではないらしい。遠い宇宙の、別の惑星に棲む生物の記憶なのだろう。だがここも姫崎の目指す場所ではない。再び意識を加速させ、世界を切り替えた。

次に視界へ飛び込んできたのは、膨大な数の六角形だった。サイズも、色もまばらで、ある場所では集まって回転を繰り返し、ある場所では互いに衝突して粉微塵に割れている。生物かどうかも定かではない、六角形だけの世界。ここも違う。

次に姫崎が移動したのは、白い砂漠の上だった。頭部にカブトムシのような角を生やした赤い蛇が這《は》いまわっている。空は夜でも昼でもない。黄色の光の中、黒い三日月が忙しく回転している。やはり望む場所ではない。

出られないなら、中心だ。知性体の最深部。そんな場所が存在するなら、そこで知性体と接触したい。

姫崎が願うと、今度は白い空間に移動した。

これは、当たりかもしれない、と姫崎は期待する。一面の白。その白が、あのオーロラのかけらに似ていたからだ。加えてこれまではっきりしなかった自身の肉体が復活している。傷の痛みはなくなっているが、ラボにいたときと同じ服装だった。

姫崎は巨大な、つるんとした、のっぺらぼうの塊の上にいる。空も同じ色をしていて、天井なのか、大気の色なのか判別が難しい。

どれくらいの時間、歩き続けただろうか。ふいに、姫崎の足元が変化した。わずかにくすんだ白が、旋回して渦をつくる。その渦が、少しずつ盛り上がり始めた。ものの一分ほどで、製紙工場のパルプに似た筒状の柱が立ち上がる。姫崎より頭一つ分高い位置まで成長したところで、左右に二番目、三番目の柱が立ち上がり始めた。

数分で辺り一面が、パルプの林へと変貌《へんぼう》を遂げる。ラボで見たオーロラを逆さに生やしたような状態だ。

パルプのうち、姫崎の正面に生えた一本が、これまでとは違う形に変化を始めた。中腹辺りから、両側に別のパルプを生やしたのだ。同時に上端が厚みを増し、中腹の少し下は反対にくびれを作る。人体の形状を連想させる変化だった。

姫崎は確信する。ここに知性が宿りつつあるようだ。異世界の知性体。どのようにコミュニケーションをとればいいのだろう。

「ハ、ハロー」

口に出してから、間抜けな対応だったかと反省する。相手が、音を感知する器官を持っているかさえ、定かではないのだ。

パルプ人間が、腕らしき部位を姫崎の前へ差し出した。部位の先端が、平べったい形状に変化する。白一色だったパルプ人間の、その部分だけに黒い斑点が現れた。斑点は瞬く間に拡大してつながり、見覚えのある模様を形作る。

1C010010010000010101010010000000000111101010111010100100100100000101010100100

0C00000000001111101010111010100100100100000

010101010010000000000000001111010101110101001001001000001010101001000000000000001111

0101010101010……

（なんだこれは、二進法か？）

一瞬、戸惑った後、姫崎は理解する。エイリアンの類が人間の世界を観察した場合、使用頻度の最も高い言語はなんだと分析するだろうか。英語、ではない。ネットワーク間で頻繁に情報を交換しているのは、プログラミング言語の大本となる機械語だ……。

当然、姫崎には読めない。

「待ってくれ、これは、分からない」

相手が聴覚を持っていると当たりをつけて、姫崎は頼んだ。

「今、俺がしているのと同じやり方でコミュニケーションをとってもらえないか？」

機械語が消えた。別の模様が表示される。ありがたいことに、片仮名だ。

チョウカクニヨル　ジョウホウデンタツヲ　ヨウボウスルカ

「頼む」

ワズカニ　ユウヨヲ　ヒツヨウトスル

パルプ人間は、両腕を左右に開いた。腕の各所から、糸のように細いパルプを放出する。パルプ糸はパルプ人間の胸元に集まり、絡まって繭のような塊をつくった。一瞬、塊が脈動したかと思うと、それは眼球に変わっていた。

姫崎が注視していると、眼球から新たな糸が放出される。先ほどと同じ工程で、それは二つ目の眼球を作り出した。

瞬く間に、鼻が、唇が、耳が創造される。パルプ人間は、自分の両手の中で、人間の頭部を造り上げているのだ。

糸の放出が終わったとき、パルプ人間は、人間の生首を抱えていた。髪も、肌も白い。顔立ちは幼く、少女か少年か区別できない。

生首が目を開いた。赤子のように、邪気のない瞳だ。

「情報、伝達を、開始する」

声も中性的だ。あるいは性別という概念がないのかもしれない。

「現時点で、こちらとそちらとの接続を終了する。以上」

生首は目を閉じた。パルプ人間から、再び糸が放出される。糸が生首に絡まると、その表面が分解し始めた。

「待って、待ってくれって！　簡単すぎる！」

姫崎は焦る。生首は今の一言だけでコミュニケーションを終えるつもりでいるらしい。

「そちらでどういう事情があるのかわからないし、こちらの都合も説明したい！　もっとじっくり対話させてくれ！」

懇願《こんがん》すると、解体が止まった。生首の顔が、もう一度造られていく。案外素直な相手かもしれない。

「そちらの要望に応え、可能な限りで、詳細な情報伝達を試みる」

「最初に自己紹介させてもらう。俺は姫崎智弘だ」

握手をしようかと考えた姫崎だったが、パルプ人間と生首の関係性がよくわからないため、やめた。

「……こちらには、名前がない。厳密には、個体識別のための『名前』に該当する概念を持ち合わせていない」

生首は、抑揚のない声で言った。

「こちらはこの領域そのものがこちらであり、一まとまりの個であったから、これまで他者というものが存在しなかった。結果、自身を定義する言葉が存在しない」

姫崎は足元を見た。つまりこの空間、目の前のパルプ人間、生首はすべて一体ということか。

「ただし、過去にそちらへ接触を試みた際、そちらの原則に従って仮想的に名前という概念を使用した。情報交換に先立ち、名前を提示することが要請されるのであれば、それを使用するしかない」

生首の声に、一瞬、感情に似たものが込められたように思われた。

「セン・ミウアート。それがこちらの名前ということになる」

セン・ミウアート。北神博士にインスピレーションを与えた論文の作者。その正体は、「知性体」そのものだった。

驚きはしたが、姫崎は納得もさせられた。知性体が何らかの手段で人間世界に接触を図ろうとするならば、人間を装うやり方は確かに合理的だろう。

「こちらとそちらは、在り様の大部分が異なっている。しかし無関係ではない。こちらとそちらの関係は、転写先と転写元という位置づけになるからだ……」

ミウアートが語った成り立ちは、北神博士の推測を裏付けるものだった。

「元々こちらは、無に近い存在だった。すくなくとも、何かを生み出す空間ではなかった。生成し、進化していたのはすべてそちら側の空間だった。時を経て、そちら側で積み上げた情報量が閾値《しきいち》を突破したとき、こちらへの流出が始まった」

ミウアートが語る「情報」とは、生物の脳内を巡る思考を指しているのだろう。

「それらは当初、単なる電気信号の伝達にすぎなかった。こちら側にたどりつき、保存はされていたが、それだけにすぎなかった。だが、ある段階で、情報のまとまりが自己を得た」

蓄積された情報それ自体が意思を持つ。博士の説明の中で、その部分が一番納得しづらいものだったが、今の姫崎には領ける話だった。さっき見てきた光景で実感したからだ。魚の夢、鳥の夢にノミの夢、知らない異星の生物の夢……ああいう塊が混ぜ合わされれば、そこから心に似たものが発生するのも無理はないと思う。

「以来、こちらの目的はただ一つ。自己の拡大と増殖をどこまでも目指すことだった。そのためにはそちらから情報を入手し続けることが肝要だが、そちらへの接触は、無制限に行えるものではなかった。接触の機会自体が制限されているわけではない。ただ接触行為は、こちらの容量に損耗を与えてしまう。こちらの損耗を上回る情報を獲得できなければ、接触は無意味なものとなる。そこでこちらは、そちらに対して共生関係の構築を模索した。そちら側の協力を得ることで、こちらの成長はより効率的となる。そちらにはこちらの領域が持つ優位性から様々な利益を供与できる」

「優位性、とは？」

「こちらとそちらでは、時間軸の位置付けが異なっている。そのためこちらはそちらの時間軸の過去・未来いずれにも干渉が可能だ。そちらが過去を変更したいのであれば、こちらの利益を損《そこ》ねない程度で改変に協力できる」

ようするに、過去を変えてやる代わりに、皆の夢を見せてくれ、という取引か。危うい話だ、と姫崎は評価する。変えたい過去、変えたくない過去は個人、集団によって異なるだろうからだ。

「だが俺たちは、そんな取引を持ち掛けられた覚えはないんだが」

「そちらとの意思疎通自体が容易ではなかった。こちらはそちらの世界の情報から生まれた存在だが、最終的に形成された形態は、そちらとはまるで異なるものだ。すでに説明したが、こちらは一体の個ですべてを埋め尽くしている。必要に応じて個別の思考を発展させるために分身を造り出すことも可能だが、それはあくまである程度の裁量を与えた端末にすぎない……一方、そちらの世界は群体で構成されている。各々が自律的に行動する存在であるため、こちらから意思疎通が図れない」

「図れないって、今、君と俺との間で会話が成立しているじゃないか」

「現時点で、こちらが接触している対象は、キサキ・トモヒロ一体でしかない」ミウアートは瞑目する。

「こちらが望んでいるのは、そちら側の、情報を持つ全生物の総意と交渉することだ」

目の前の生首との間に、想像以上に大きな隔たりがある事実を、姫崎は理解する。

全宇宙、すべての生物に統一意思のようなものがあると、セン・ミウアートは信じて疑いもしないのだ。膨大な「個」であるミウアートにとって、無限に近い個数の生命が、まったく無関係に生きているという事実は想定できないのだろう。

認識をあらためてやろうかとも考えたが、姫崎は踏みとどまる。巨大な個が、相手を理解の範疇外にある存在と認識したとき、どんな行動に出るか予想もつかないからだ。

「先に伝えたが、こちらはセン・ミウアートの名でそちらに接触を試みた。方法は、そちらが多用している情報伝達方法を真似るというものだ。しかしその方法では、望んだ反応は得られなかった」

「情報伝達方法」

姫崎は思い至る。

「ひょっとして、セン・ミウアート名義の論文が載ったペーパーバックと一緒に、ここら一帯にあるような物質を送り込んでいたのか？」

生首は頷いた。それが地球の一部地域で、肯定の動作にあたるという認識はあるらしい。

「この形式が、接触を図った時間軸では最も有用な伝達方法であるという判断だった。しかしそちら側ではごく少数の端末が不完全な反応を示すのみで、そちら側の総意を知ることはできなかった」

だとすると、博士がオーロラのかけらを拾ったのは偶然ではなかったのだ。ペーパーバックを入手するなどの条件を満たした者に対して、あのオーロラが現れる仕組みだったのだろう。

しかし、わかりにくい。ミウアートからすると、論文を読む↓異世界の知性体について認識する↓時間の巻き戻しと認識について理解する↓全宇宙の「総意」が交渉に応じてくれる――と期待していたらしいが、わかりにくすぎる。これもまた、異文化コミュニケーションの難というやつだろうか。

感心してばかりはいられない。この機会に、姫崎は巻き戻し現象に関して正確な情報を得たかった。

「話を変えさせてくれ。そっちが一定の期間ごとにこちらの時間を巻き戻しているのは間違いないな？」

「巻き戻しという言葉が、そちらから見て過去の時間軸への干渉を意味しているのであれば、そうだ」

「目的は、そちらが成長するために都合がいいからだな？」

「そうだ。現時点で、過去への干渉は短期間……そちらの時間単位でおよそ一日に限っている。こちらとしてはすべての時間軸で有利な状況を維持する必要があるが、それ以上の干渉は観測の限界を超えるからだ。だが、それも現時点で終了する」

「終了する？」姫崎は、生首が最初に告げた言葉を思い出した。

「最初に伝えた。キサキへの情報伝達を終了した時点で、そちらの時間軸への干渉と恒常的な接続を、すべて終了する」

「接続というのは」事態が急変しているようだ。姫崎は逸《はや》る心を懸命に抑えた。「俺たちの世界に、そちらのかけらを送って、触った者の精神がそちらにコピーされる状態のことか」

「その認識で、問題ない」

「やめる……今になって、どうしてだ？」

「理解の限界。危険性」ミウアートの首を持つパルプの腕が、少し揺らいだ。「そちらと交渉を持つ試みは失敗に終わった。その後もいくつかの調査を行った後、こちらが得た結論は、そちらとこちらではあまりに在り方が異なるというものだった。同じ材料の精神で構成されているという要素以外、あまりに異なっている。これ以上、そちらを理解することは難しい。厳密には、こちらの変質を回避しつつ、理解することが難しい」

「変質を、回避ってのは？」

「異質な存在を解析、理解する際、その過程そのものが自身を変質させる結果を生む」

漠然とだが、姫崎は得心した。アリの言葉があるとして、人間にそれは分からない。完全にアリの気持ちを理解するには、行動や思考の様式をアリと同じかそれに近づける必要がある、という意味だろう。もちろん人間は、アリの考え方なんかに変わりたくはない。

「危険性を回避する一つの対処法として、損耗を度外視した干渉を行い、そちらの思考構造をこちらと一体化させるという方法も考慮していた」

――今、とんでもないことをさらっと口走らなかったか。

「だがその方策をとるにしても、こちらが影響を受ける結果は避けられないと試算を得たため、中止となった」

頭の中で姫崎は胸をなでおろす。恐ろしい侵略計画が発案され、勝手に廃案になっていた。

「それどころかこれまで通りの接触を続けた場合も、こちらの変質は免《まぬが》れないという予測が確実なものとなった。そのためそちらとの接続を絶つ案が検討された」

「ひょっとして、今俺と話していること自体、あまりよくないのか」

「危険性はある。そのため、キサキと伝達を行っているこの『私』は一時的に本体から切り離されている」

パルプ人間の手が、生首を撫でた。

「接続の終了が確定したのは直近のことだ。そちらも認識しているだろうが、現在の時間軸において、こちらは通常よりはるかに高い頻度で干渉を行っている」

千回近く発生している巻き戻しのことだろう。

「そちらで試みている実験が要因だ。こちらの複製体を作成する実験を行っているな？」

姫先は頷いた。その目的については黙っておく。

「複製を作成する試みはこちらにとって有益なものと思われた。完成すればこちらの一部がそちらの領域に存在するのと同じ状態となり、干渉が効率化されるからだ。しかしそちらではある端末が実験を継続しているにもかかわらず、別の端末は実験の妨害を何度も行っている。その都度、こちらは干渉を行い時間軸を修正したが、妨害はやまず、干渉は九百八十回に及んだ」

俺が、正しかった——知性体は、自らのコピーを守るために巻き戻しを繰り返しているという姫崎の推理は当たっていた。自分を誇りたい気持ちになるが、今はこれからの展開の方が気がかりだった。

「端末同士が、正反対の目的を遂行している。こちらから見ると理解不可能な状況だ。これは、今回の事例だけに留まらない。そちらの領域では、端末同士が無意味とも思える衝突を繰り返し、損耗を続けている。長期にわたる観測の結果、意義が認められた衝突も見受けられたが、それはごく一部の例にすぎなかった」

それは、理解に苦しむだろうなあ、と姫崎は同情する。同じ人間同士どうして争うのか、というレベルではない。別の生物が繰り広げる生存競争でさえ、「個」であるミウアートには、理不尽に映るのだろう。

「今回の複製に関する衝突は、そうした事例の最たるものだった。ここに至って、こちらは最終的な決定を行った。理解できない対象と最も有意義な形で共存する方法は、関わりを絶つことだ。こちらとそちらの連絡を、完全に遮断する」

「その場合、巻き戻しはどうなる?」

姫崎がどうしても確認したいのは、最後に巻き戻しは発生するのかどうかという点だ。発生するなら、麻緒たちは甦る。発生しないのなら……。

「すでに最後の、九百八十一回目の干渉を発生させている」

ミウアートはあっさりと回答した。

「今、このように対峙《たいじ》しているのは、せめてそちらの端末の一体には接続の終了を伝えておきたいと考えたからだ。干渉を行わなければ、キサキの精神はそちらへ戻れない」

わかりにくい生首の言い回しを、姫崎は頭で懸命に翻訳する。オーロラのかけらに触れたものは、記憶というか精神のコピーを異世界に転写される。今、姫崎はその状態だ。本来ならこの状態でミウアートが声をかけてくることはない。しかし今回は二つの世界を断絶させると告げる目的で姫崎の前に現れた。しかし姫崎は、元の世界ですでに死んでいる（多分）。だから巻き戻しを発生させなければ、今、ミウアートが姫崎に告げた話は無意味になってしまう。

「ようするに俺を、俺たちの世界へのメッセンジャーにするために、最後の巻き戻しを起こしてくれるってわけか」

「端的に表現すれば、そういうことになる」

姫崎は頭の中でガッツポーズを取った。これで、これで麻緒が生き返る！　ついでと言ってはなんだが、協力してくれた他のメンバーもだ。そして以後、巻き戻しは発生しないという話なら、これまで人を殺めてまで巻き戻しを繰り返してきた犯人の目論見も水泡に帰す結果になる。ざまあみろ、ざまあみろだ！

「今回の対話が、そちらの総体へ確実に伝わるとは期待していない。ただ断絶を行う前に、可能性は残しておきたかった」

姫崎の興奮などお構いなしで、ミウアートは淡々と話を続けた。「それでは、これで対話を終了する」

再び、糸が生首を分解し始めたので、姫崎は焦った。

「待って、まだ、訊きたいことがある！」

分解が止まった。

「これまであなたの複製体を作成する実験が、何度も妨害されていると言ったよな？　妨害している個人――あなたの言い方だと『端末』か――を識別することは可能か？　俺たちの世界で問題が発生していて、そいつを区別することが大事なんだ」

神様のような存在に犯人を教えてもらう。これが推理小説なら反則もいいところだが、姫崎は構っていられなかった。

「それは不可能だ」

ミウアートはにべもない。

「厳密には、不可能に設定している。そちらの端末を個別に認識できるような状態に設定するだけで、こちらの変容を招く危険性があるからだ」

だめか――姫崎は落胆するが、なんとなく予想もついていた。アリの顔を見るだけで個体を区別できるような人間は、すでにアリの世界に取り込まれているのだろう。この件に関しては、自分たちでなんとかするしかない。

「では、そちらの言う『接続』という状態について確認させてくれ。かけらに触り、記憶情報がこの空間に転写されることから巻き戻し後も記憶が残っている状態――今回、千回近く干渉を行った中で、この『接続』状態になっていた端末の数はどれくらいかわかるか？」

「測定している。端末の数は九体だ」

姫崎は指折り数える。北神博士、自分、麻緒、合間、舞原、雷田、大岩、烏丸、黒川――計九名。

「そのうち、今回の干渉の中で接続状態になったのは八体。残り一体は以前から接続状態になっていたな？」

「その認識で間違いない」

「『接続』はかけらに触れることでその状態となり、以後は半永久的に継続する。もう一度かけらに触れても、『接続』が二重に発生するようなことはないんだな」

「その認識で間違いない」

姫崎は質問を探す。何かないか、犯人特定につながる、この場でしか入手できない手掛かりはないか。

「『接続』と『干渉』の関係についても教えてくれ。何かそちらに不利益な状況が生じたとき、『干渉』を行って時間を巻き戻す。その際『接続』していた者だけが『干渉』前の記憶を残している。では『干渉』と『接続』が同時に発生するケースもあり得るのか？」

「あり得る。今回の干渉がそれに該当する。複製の作成実験を妨害するため断片を破壊する行為はこちらの『干渉』の呼び水となった。一方で、破壊目的とはいえこちらのかけらに触れる行為自体は『接続』を発生させる」

「今回の時間で発生させた『干渉』の回数は計九百八十一回。巻き戻しの範囲は毎回同じだったよな」

「その認識で、間違いない」

重要な、示唆を得たかもしれない。姫崎が黙っていると、

「質問はこれで終了か」

ミウアートが確認をとってきた。訊きたいことは、無限にあるともいえる。人類がまだ到達していない思考・技術・知識——せっかくの機会なのだから、そういったものを手土産《てみやげ》として持ち帰るべきかもしれない。しかし、姫崎にはその結果発生する様々について、責任をとる自信も覚悟も備わっていなかった。

これだけだ、と回答する。

「では、今度こそ対話を終了する。同時に断絶を開始する」

「断絶か」

ふと、姫崎は名残惜《なごりお》しさを感じた。人類の発生、あるいは宇宙に知能を持つ生物が発生した時点から、共生していた友人が離れていくようなものだからだ。

「これまでこちらの世界から情報を吸い上げることで成長していたそちらが、断ち切ってやっ

ていけるものなのか」

「問題ない。ある程度の試算は終わっている。従来通りの成長速度は期待できないが、これまでに入手した材料だけで発展を続ける目途はついている」

生首の口元が、ほんの少しだけ緩んだ。

「これからは、自分自身で夢を見ていくつもりだ」

ずいぶん人間らしい表現だな、と姫崎は感心する。このわずかな対話で、学習したのだろうか？

すでに生首は大半が崩れ、同時にパルプ人間も、姫崎が立っている場所そのものも微細な糸となり、解けていく。

視界がぼやけ始めた。これから、九百八十二回目の六月一日が待っているのだろうか。

意識が飛ぶ寸前、姫崎はミウアートの声をもう一度耳にした。

「最後に。これまでありがとう。さようなら」

人の心、案外わかるんじゃないか？


暗闇。携帯を探す。探り当てるのに時間がかかる。

ようやく手ごたえを感じ、目の前へ運ぶ。液晶のバックライトが点くまでの数秒がこれほどもどかしい経験は、人生初だろう。

やがて、時刻表示が灯る。

二〇一八年六月一日、五時三十五分。

「やった」

最初は小声で、じょじょに大声に。姫崎は勝利を叫ぶ。

「やったぞ、やったぞ、やったぞやったやったやったやったっ――――っ！　うおおおおおおおおおおっ」

寝床から跳ね起きる。

「生き返った、麻緒が生き返ったんだ！」

第五章　夜行列車「いぶき」

「姫崎さん……うぐ、うぐ、うぐっ」

電波を通した麻緒の声は、嗚咽《おえつ》と吐き気が混ざったものに聞こえた。無理もない。麻緒の認識では、殺された直後なのだ。前回、冷静に行動できた北神博士が異常だとも言える。

「あまい、においがしてっ。誰か部屋に入ってきてっ。とがったものが、おなかに、熱くなって……」

姫崎としては優しい言葉の一つでもかけたいところだが、まず厳命すべきことがある。

「麻緒、今は『いぶき』のコンパートメントだな？　そこは鍵がかからないところだな？」

前回の朝、麻緒はコンパートメントの中で事切れていたと聞いた。夜行列車は通常の列車と座席自体は変わらないもの、仕切りが用意されているもの、鍵のかかる個室が設けられているものなど様々だが、麻緒がいたコンパートメントは出入り自由らしい。だとすれば、犯人が入ってこられないよう、すぐに座席を変えるべきだ。

「ぐすっ、大丈夫です……目が覚めて、すぐに外へ出て、個室に変えてもらいました」

きちんと対策できているじゃないか。姫崎は麻緒を見直した。北神博士ほどではないにしても、そつなく対応できている。

「そのまま閉じ籠っているんだ。俺が迎えにいくまで、誰にも会うんじゃないぞ」

手早く着替えを済ませ、最寄り駅に走る。乗り継ぎは割とスムーズにこなせたが、それでも焦慮は募った。途中で合間警視に電話する。巻き戻しに成功した経緯について手短に説明しておきたかったからだ。

「『知性体』に会っただと？」

「信じてもらえないかもしれませんが……夢や幻覚ではなかったと思います」

姫崎は唇をしめらせる。セン・ミウアートの正体こそが知性体だったこと、その発言内容など、詳細は省いて伝える。今、真っ先に伝えるべき点は一つだ。

「知性体に教えてもらいました。今回で巻き戻しは終わるそうです、このこと、全員に伝えてもらえますか」

犯人がこれまでしてきたことは無意味となった。それを教えれば、これ以上凶行には走らないだろう。目的を失って自暴自棄になる危惧もあったが、巻き戻しが使えないことで慎重になる可能性の方が高いと姫崎は踏んだ。

「わかった。こちらの警護態勢だが、前回の失敗を踏まえてメンバー全員に警備員をつける。一ヵ所に集めるのは、取りやめだ」

それが賢明だろう。姫崎はもう一つ重要な事柄を思い出した。犯人が使用したと思われる、相貌失認を引き起こす薬剤の件だ。

「麻緒も犯人の姿がわからなかったと言ってました。博士も輪郭さえつかめなかったという話です。おそらく二人とも、我々が経験したのと同じ薬を盛られてます」

姫崎の見立て通り、合間も前回、殺される寸前に同じような経験をしたとの話だった。「私も甘い匂いを嗅いだ。これは種類を特定できる手掛かりかもしれないな。試作段階の薬品だとしたら、そこから犯人につなげるのは難しいかもしれないが」

その点は、姫崎も期待していなかった。ただ、この薬は巻き戻しを失った犯人の最後の切り札かもしれないので、対策を立てるべきと考えたのだ。

「姫崎君、よくやってくれたな」

ふいに合間がやわらかい声を出したので、姫崎は面食らう。

「君の機転がなければ、我々は全滅だった、心の底から礼を言う」

「……やめてくださいよ」

「友人として、君と蒼井さんが上手くいくようにと、切に願っている」

ああ……。

姫崎は今更のように思い出した。

麻緒が生きていてくれたらそれだけでいい、とさっきまで考えていた。

けれども、生きていたら生きていたで問題に直面する。

本当は、彼女とどうなりたいのか？

「探偵さーん！」

京都駅の雑踏で、背中に声がかかる。オバちゃんだ。

「これから、麻緒ちゃん助けに行くんやろ？　警視さんから聞いた。加勢に来ました」

親指を立て、背後を示す。ドルフ・ラングレンに似た巨人が立っていた。

「紹介するわ。タカオくん。めっちゃ強いで頼りになるで」

「……助かります」

この状況で犯人がもう一度麻緒を狙う可能性は低いだろうと見積もっていたが、確率はゼロではない。厚意は受け取ることにした。

「いやあ人生初めての経験やわあ。殺されるなんてなあ」

JRに乗り換え、近江長岡駅へ向かう途中の車内で大岩はラボでの出来事を身振り手ぶりを交えて語った。

「なんか爆発して、耳がキーンとなってなあ、なんや甘い香りもしたから、キッチンでも燃えてしもうたんかと思って奥へ行ったんやけど、そこに誰かが立っててな、ようわからん影法師みたいな格好でな、アンタ、その格好、何？　って訊いたら、いきなりブスり」

大岩は脇腹をつつく。隣のタカオくんが怪訝な表情をしているのもお構いなしだ。

「やっぱり大岩さんも、犯人の顔は目撃してないんですね」

「なんや、変身できる薬やて？　ほんま、頭のええ奴やで犯人は」

厳密には変身とは違うが、とくに訂正するほどではない。

「俺が大岩さんを見つけたとき、他にも倒れている人がいたんですが、大岩さんは覚えてますか」

「あー、それは分からんわ。影法師の後ろに誰か倒れてたかもしれへんけど、見てる余裕はなかった」

姫崎は軽い失望を覚えた。メンバー全員の襲われた状況を確認すれば、前後関係から犯人を割り出せるかもしれないと期待していたのだが、この感じでは難しそうだ。そもそも、あの薬剤——ガスの類かもしれない——がどのような効果を及ぼすかがはっきりしない。姫崎が見た死体の配置さえ、幻覚かもしれないのだ。

時間の巻き戻しは不可能になった。しかし犯人を特定する材料はいまだ、見つかっていない。

隣のオバちゃんも、犯人候補の一人であることに変わりはない。

しかし大岩が犯人だとすれば、わざわざ自分を呼び止めて一緒に近江長岡駅へ向かうだろうか？　姫崎が首を捻っていると、

「ところで探偵さん」

大岩がまじめな声を出した。前回の提案を思い出し、姫崎は警戒する。

「どうするつもりなん。麻緒ちゃんのこと」

「……どうするって」

姫崎は適当に返事する。

「無事を確かめて、あとは合間警視に保護してもらうつもりですけど」

「そういうこと訊いてるのと違うねん」

オバちゃんの顔は真剣だ。本当は、姫崎も分かっている。

「あんたゆうてたやん。あの娘が大事やって。生き返らせるためならなんでもするって。あのときのあんたなら、生き返った麻緒ちゃんにプロポーズでもしそうな感じやった。けど今は気ぃ、抜けてへんか？　生き返ったから安心して、やっぱりそういうのええわって考え直してないか」

図星だった。年長者というものはそれだけで侮れない。

「人が死んだら思うよなあ。もっと優しくしたらよかったとか、素直に話したかったとか……普通は取り返しのつかへんことや。けど、あんたの場合は珍しいケースで取り返しがつくことになった。そしたら、なくしたらアカンやろ、最初の気持ち」

よけいなお世話ですよ、と突き放したかったが、最後の巻き戻しに関しては大岩にも協力を仰いでいる。ごまかすのは筋が通らない。

「白状しますよ。確かに俺は、麻緒に好意を抱いています。彼女の気持ちに応えてやりたいという気持ちがあるのも確かです。でも」

姫崎は車窓に目をやった。

「少々、重たい事情がありまして。それが障害になっているんです」

「事情ってなんやねん。こっちも好きで、あっちも好き。それに勝てる事情なんてあらへんで」

姫崎は苦笑した。皮肉抜きで、前向きさが羨《うらや》ましい。

「ようするに、俺では彼女を幸せにできないんですよ」

「はーん、なーんやそれ！　ハードボイルドちゅうやつか？　くっさ！」

散々な言われようだった。傍らのタカオくんもばつが悪そうに身を縮めている。

「惚れた腫《は》れたっちゅうのはなあ、そんなしみったれたもんやないでっ。ショボボボーン、ショボボボーンと違う、ガッ！　ドッ！　ガッ！　やねん！」

まったく意味がわからない。

しかし、わかった気がした。前に進みたい、とも思った。

「そうですね。このままではいけない、とは思っています。ケリをつけるつもりです」

「おー、頑張りやっ。よう知らんけど」

乗り継ぎを繰り返し、ＪＲ近江長岡駅に到着した。現在、七時二十五分。あと五分で麻緒の乗る「いぶき」が到着する。

構内には合間が待ち構えていた。

「犯人が前回同様に蒼井さんを襲うつもりなら、もうすぐここにやってくるはずだ」

合間は改札口を睨みながら言った。

「来ないとは思いますが……我々四人で、到着する『いぶき』のドアを監視しておきましょう。この駅が終点の列車です。乗り込む人物がいたら、目立つはずだ」

「そうやな。何事も起こらへんかったらええな」

合間がタカオ君を見て怪訝な表情をしていたので、姫崎から紹介しておく。

三十分になった。

夜行列車「いぶき」の白い車両が地平線の向こうに現れる。背後に、列車の由来となった伊吹山。

車体は速度を落としながら、構内へ滑《すべ》り込む――はずだったが、駅の手前でぴたりと止まった。

鼓動が早鐘を打ち、汗が噴《ふ》き出す。走り出そうとした姫崎を、合間の声が止めた。

「落ち着け。まだ犯人には、何もできるはずがない」

「すみません」体温が一気に下がった。

構内に、停車ミスを詫びるアナウンスが鳴り響いた。胸をなでおろす。今度こそ車体は正しい位置に停止した。

「我々は外を見張る。君は車内に」

合間に促され、姫崎は車内へ駆け込んだ。電話で教えてもらった部屋の前に立ち、スマホに連絡する。

「麻緒、俺だ。開けてくれ」

すぐにドアが開く。

「ぎ、ざ、ぎ、さーん」

おそるおそる現れた麻緒の顔は、涙でグシャグシャだった。

「ひどい面だな、おい」

言いながら、俺の顔も惨状を呈しているなと自覚する、頬を熱いものが流れていた。

「ごめんなさい、私っ」

麻緒が胸に飛び込んできた。タックル同然の勢いだ。

「最後に、姫崎さんに、ひどいこと言っちゃったっ。ごめんなさいいい」

「最後じゃねえよ」

姫崎は麻緒をかき抱いた。気の利いた、優しい言葉でもかけてやろうかと思ったが、

「ああっ、感動の再会やなあ」

……外野が現れたので、やめにする。

「ホラ、ぶちゅーっと、ぶちゅーっといきや！」

「チケット使うか？　チケット！」

「……外で待ってるんじゃなかったんですか」

「犯人が入ってきたら、中でもガードが必要かと思うてん。そんなことより、探偵さん」

大岩は拳《こぶし》を突き出す。

「会って即、言わなあかんで。言いたいことは」

まったく、おせっかいだなあ。

しかし今の姫崎は、おせっかいに背中を押されたい気分だった。

「麻緒。話があるんだ」

気が逸ったせいか、硬い声になってしまった。

「は、はいっ？」

麻緒が両眼を瞬く。涙は乾き始めている。

「きのう……ええと、二つ前の今日、太陽が丘でお前に言われたことへの返事だ。あのときは、はぐらかしてすまなかった。今回のことで反省したよ。お前の真摯《しんし》な言葉には、誠実に応えたい」

麻緒の瞳が初めて人間を見る子ネコのように丸くなった。

「ええで、ええ展開やっ」

外野がうるさい。

「だから、あの言葉への返事、もう少し待ってくれないか」

「はあっ？　死ねやあ！」

オバちゃんが声を張り上げる。

「先延ばしかいな！　今やろ今！　誠実ってなんやねん」

「弁解のように聞こえるかもしれませんが、まだ事件が解決していません」

一瞬振り向いて大岩を見たあと麻緒に向き直り、

「これまで、お前に伝えていなかった話がある。今回の件が片付いたら、それも含めて、俺の思うところをすべて伝えたい。勝手だが、少し待ってもらえないだろうか」

「アカンであかんであかんで麻緒ちゃん！　男の先延ばしは逃げや逃げ、今答えてもらうんや……ああっ、邪魔せんといてタカオくん、今ええとこやねんっ……」

オバちゃんの声が遠ざかる。どうやら、見かねたタカオくんに引っ張られていったらしい。

「どうだろう。時間をくれないか？」

麻緒はくすくすと笑った。

「しょうがないですねえ。姫崎さんがそこまで言うなら、我慢してあげますよ」

「すまない」

「いいえ、私も我儘《わがまま》でした」

緊張が解けたのか、麻緒はドアにもたれかかる。

「どうでもいいって思ったんです。前の今日、殺人犯に刺されて、倒れて外の景色が見えたときにです。流れていく風景を見て、ああ、これで死ぬんだなって、姫崎さんにもう会えないんだなって空っぽの気持ちになりました。この世界に私がいて、姫崎さんがいる。それは当たり前じゃなく、宝石みたいに貴重なことだったって。それがなくなってしまうのに比べたら」

麻緒の目元が緩む。はるか遠くを眺めるような澄み切った瞳だった。

「私の気持ちがどうとか、姫崎さんがどう思うとか、小さなことかもしれないです」

「ありがとう」

姫崎は麻緒の肩を叩く。

「けれども、俺は返事をするつもりだ。お前にとっても――」

言葉に詰まる。スイッチが入った。

ラボで巻き戻しのトリガーに気づいたときのように、強烈な引っかかりを感じる。見過ごしてはいけない、決定的な何かだ。

「姫崎さん？」

麻緒が首をかしげる。

「どうかしましたか」

「麻緒」

「はい」

「今お前、なんて言った？」

「ええっ。恥ずかしいこと二度も言わせないでくださいよう」

頬を赤らめ、麻緒は姿勢を直す。

「この世界に私がいて、姫崎さんがいる。それは当たり前じゃなく、宝石みたいに貴重なことだったって……」

「そこはどうでもいい」

「ひどい！」

「あっ、違う。どうでもよくない。そう言ってもらえるのは大変結構で嬉しい！　ただ、その前がものすごく重要なんだよ。もう一回頼む」

頬を膨らませながら、麻緒はリピートする。

「前の今日、殺人犯に刺されて、倒れて外の景色が見えたときにです。流れていく風景を見て――」

どういうことだ？

「見えたんだな。外の風景が」

「見えましたけど」

「犯人は、人間の姿が認識できなくなる薬を使っていたらしいんだ。その関係で、幻覚を見ていたとかはないか」

「たしかに犯人の格好はぼやけてわかりませんでしたけど」

麻緒は肩を揺らす。

「部屋の調度とか、床のカーペットは細かく見えてました。外の風景も同じです。ゆっくり流れる景色に、停車のアナウンスも聞こえて――」

間違いないのか。

だが、これはどういう意味だ？

姫崎は深い思考に沈んでいく。

あり得ない。あり得ないはずだ。しかし、それがあり得たとしたら――。

もしかするとこれが、「時空犯」の手がかりかもしれない。

「ちっちゃいころ、私が大波博士の研究の被験者だった？」

京都へと帰る列車の中。前の周回で博士から教わった話を問《と》い質《ただ》したが、麻緒は首をかしげるばかりだった。

「ええと、小さい時階段から転げ落ちたとかで——しばらく入院したことはあるって親から聞いた覚えはあります。でも詳しくは知りません。ゴメンナサイ」

「まあ、そうだろうな」

そもそも認識能力が低下している状態の幼児を被験者にした研究なのだから、その時分の記憶が曖昧なのは当然とも言える。

麻緒の両親としても、治療費と引き換えに怪しげな（？）研究に協力させた話は黙っておきたかったのだろう。

「それが、私の殺された理由ですか？」

「すくなくとも、北神博士はそうじゃないかと睨んでいるらしい」

「うーん、大波博士の研究の中に、時間遡行を実現させるためのすごいヒントが隠されていて」

麻緒は高く上げた右ひじを反対の指で突いた。

「そのデータをマイクロチップとかに入れて、私の身体に埋め込んであったとか？」

「その発想はなかったな……」

過剰に探偵小説じみた話だが、ゼロとは言い切れない。

「お前、すごいな」

「ばかにしてます？」

口を尖らせる麻緒に、姫崎は頬の緩みを抑えきれない。

「してないしてない。俺にはない発想を教えてくれるから、ありがたいって話だよ」

「へっへっ」

気持ちの悪い笑い声が返ってきた。

「それならまあ……悪い気はしませんねえ」

「チケット、チケット」

後ろの座席でオバちゃんが囁《ささや》いている。通路を隔てた隣の席では、合間が居心地悪そうにジュースを啜っている。姫崎は咳払《せきばら》いを一つした。

「念のため確認しておくが、お前、隠れて時間遡行を研究したりはしてないよな？」

「ありませんってば。分野が違いすぎますよ」

断言する麻緒を、信用すると決める。

自分の推理が正しければ、『いぶき』の中で麻緒を殺害するのは、犯人にとって相当リスクの高い行為であったはずなのだ。

そのリスクを承知で麻緒を手にかけたからこそ、犯人は弱点を晒してしまった。犯人の思考に合理性の高いモデルを当てはめた場合、麻緒を狙った行動は、イレギュラーであり気の迷いとも解釈できる。

だとすれば、この件は一旦保留にしておくべきだ。

姫崎は思考を切り替える。

重要なのは動機ではなく、彼女が殺された状況の方だ。


「これは正義に関わる問題だ」

大まじめな顔で、合間警視は腕組みしている。京都駅から歩いて五分のネットカフェ個室。密談には最適の環境だ。正午前、近江長岡駅から戻ってきた姫崎は合間警視と今後の捜査方針に関して話し合っている。麻緒と大岩は帰宅済みだ。

「北神博士も、蒼井さんも、その他のメンバーも……君や私もそうだ。全員、犯人に殺された。その後、君が起こした巻き戻しによって、生き返った」

合間はすでに電話でメンバーへの聴取を済ませていた。全員が、爆弾の閃光により一時的に前後不覚に陥ったため、証言の前後関係を並べることは難しいが、誰かに襲われた記憶は残っていた（当然、警備員たちは薬を飲んでいないので記憶は失っているが）。浮かび上がったのは、犯人の手口がじつに鮮やかなものだったという事実だけ。千回近い巻き戻しの中で、入念に状況の想定と予行演習を繰り返したに違いなかった。誰かを薬剤の実験台にすることも繰り返していたのだろう。

「その恐るべき犯人だが、現状では何の罪も犯していない」

「今後は何もしない可能性も高いですよね。巻き戻しがなしになったからには」

翌日にならない限り、巻き戻しの中止を信じてもらえる材料はないと考えていた姫崎だったが、博士からの連絡で、思いがけない事実を知らされた。ラボにあったオーロラのかけらが消失しているという。

セン・ミウアートの説明によると、あのかけらも、ミウアートと対話した空間自体もミウアートの一部ということらしいので、報告を受けてみれば、そうなる事情も理解はできる。

ともかくかけらがなくなった以上、犯人が信じようと信じまいと、時間の巻き戻しは不可能になったのだ。

しかし全員が殺害されたという記憶が残っている以上、不安を和らげるための配慮は必要との判断で、合間は警備員をメンバー全員に付けている。前回の失敗を鑑みて、一ヵ所に集合させる方法は採らない。聞き込みは各自を訪問して行う予定との話だ。

とりわけ麻緒に関しては、精鋭中の精鋭で守ると合間は請け合ってくれた。ひいきしてもらって他のメンバーに申し訳ない気もするが、彼女が狙われた理由がわからないままなので、仕方がない……多分。

「だがいつまでも警護を付けるわけにはいかない」

合間の眉間に深々としわが刻まれていた。

「犯人がこの後、罪を犯さないとしたら。私は独自に捜査を継続するべきだろうか。あるいは、罪も巻き戻しで帳消しになったと考えるべきだろうか」

「たしかに、正義に関わる問題ですね」

姫崎は合間に深い同情を覚えた。自分が刑事なら、こんな面倒な事件に巻き込まれるのはごめん被《こうむ》りたい。

「たとえば傷害罪だ。人を傷つける。傷跡が残るケースもあるが、きれいさっぱり回復するケースも多い。しかし被害者が回復した後も、傷害罪が消滅するわけではない」

「精神的なダメージもありますよね。幸い、今回のメンバーは外に出られなくなるほどショックを受けている人はいないみたいですが」

他人事のように話しているが、姫崎もその一人だ。殺された事実に対して、前回の六月一日から恐怖や精神的動揺は持ち越していない。薬剤で認識能力が低下していたことも関係しているかも、と考えている。

「わずかでもトラウマが残るなら、傷害罪を適用して犯人を罰するべき、という理屈になる。しかしそいつを処罰する制度も、証拠も存在しない。警察官として、俺はこの矛盾にどう立ち向かうべきなのか」

一分ほど項垂《うなだ》れていた後、合間は立ち上がった。

「決めた。滝に当たってくる」

「……なんですって？　滝？」予期しない単語に姫崎は面食らう。

「懇意にしている寺院でこの時期、滝に打たれる荒行に参加できる。そこで心を整えてくるよ」

言うなり、合間は個室を出ていった。

(変わった人だったんだなあ。あの人も)

ドリンクバーのコーラを飲みながら、姫崎はつくづく思う。

人の印象というのは変わるものだ。気づけば自分の周囲は変わり者ばかりだ。それはつまり自分も珍種であることの証明かもしれないが。

(俺の考えが、合間さんを助ける結果になればいいんだがな)

引っかかっている、麻緒の言葉。あの証言が犯人特定の重要なとっかかりであるらしいとは察しているのだが、その先で立ち止まっているのだ。

あの列車内での出来事、あれは犯人唯一の失策だ。これまで巻き戻しの中で、犯人はミスらしいミスもなく事を進めてきた。だがあれは、運命、いや、時間そのものが犯人に叛旗《はんき》を翻《ひるがえ》したかのような、決定的な陥穽《かんせい》だった――。

「待たせたな」

十分も経たずに合間が戻ってきたので、姫崎は驚いた。髪が少し濡《ぬ》れている。

「もうお寺に行ってきたんですか」

「いや、冷水ならなんでもいいと思って、カフェのシャワーで済ませた」

何なんだ……。

「正義の問題は片がついたんですか」

「片はついていない。考えないことにした」

しれっとした顔で合間は言う。

「正義・不正義の問題は、後回しでいい。時間の巻き戻しという魔法を手に入れた途端、犯人は悪事に走った。便利な道具を知った人間すべてが、道を誤るわけではない。この犯人は、逸脱する危うさを抱えていたか、巻き戻しが可能になる前から犯罪に手を染めていた可能性も考えられる」

「このまま放置はできないというわけですね」

「対応は後で考えるとして、すくなくとも誰が犯人だったかは特定しておくべき、というのが私の結論だ。こちらは駒《こま》が足りない。すまないが姫崎君、引き続き助力願えないだろうか」

濡れた頭を律儀に下げる。

「もちろん、協力しますよ。俺も同じような考えですから」

姫崎も軽く礼をする。

「それについて、はっきりさせておきたい事柄があります。北神博士と説明会のメンバーに直接会って、一人ひとり証言が欲しいんです」

「それなら私も同行しよう。何かつかみかけているのか」

「もう少しで形になりそうなんです」

「はっきりさせたい、という部分を予め教えてもらえるか。場合によっては、人を使って裏をとらせよう」

「俺が知りたいのは、今日の早朝からの各人の動向です」

「今日、というのはどの今日だ？」

「今回の今日です。九百八十二回目の、この今日です」

「それ、確かめる必要があるのか」

合間は首を傾げる。

「現時点で、犯人は誰も殺していないんだぞ」

「俺もそう思っていました。でも、意味があるんです。まだ上手く説明できないんですが」

「よくわからんが、君を信じよう」合間は両手を挙げた。「ちなみにメンバーと時間帯によっては私も保証できる。今回の巻き戻しが終わった直後、急いで全員と連絡を取って、警備員を手配したからな。それぞれの時刻だが……」

合間はスマホをしばらく覗き込んでいた。

「最初に北神博士だが、巻き戻し終了直後の五時三十五分からずっと自宅に籠っているそうだ。誰かに訪問されてもドアは開けないようにと念を押した上で、自宅前に警備員を派遣している。八時半に自宅へ電話をかけたところつながったから、その時点で在宅だったことは間違いないだろう。警備員も博士が外出する姿は見ていない。ただ、警備員に見とがめられずに外へ出る通路がないとは言い切れない」

「次に舞原和史だが、こちらも巻き戻し直後に連絡はとれたものの、警備員の派遣は断わられてしまった。マスコミの目を逃れるための隠れ家のような別荘を持っていて、事態が進展するまでそこに籠るとの話だ。十時前に向こうから進捗《しんちょく》状況の確認があったが、所在はまだつかめていない」

「雷田亜利夫も、こちらの警護を断ったという点では同様だ。メールと電話、いずれも九時まで返事はなかったが、九時半に自宅にいると電話をかけてきた」

「烏丸芳乃だが、彼女は五時五十五分から六時までの間、京都テレビの情報番組に出演している。番組は、生放送だ。テレビ局に入ったのは五時四十分で、六時五分に局を出たあと、私にメールをくれた。次にメールをくれたのは八時で、事務所の専属警備員を充てるので、こちらの警護は不要との話だった」

そういえば、太陽が丘で話した際、キクナ・マトイの二人で朝の情報番組に出演したと聞いていた。

「黒川志朗も、烏丸と行動を共にしていたとの話だ」

「ありがとうございます」姫崎は感謝する。「大岩さんについては確認不要です。これだけはっきりしているなら、一人一人話を聞く必要はなくなりました」

「君が何を調べているのか見当もつかない」

合間は肩を鳴らす。

「仮に犯人が今回も蒼井さんを殺害するつもりでいたとしてもだ。全員、七時三十分近江長岡着の『いぶき』に確実に間に合わなかったと証明はできない。そもそもこれは今回の動向で、前の周回に起きた蒼井さんの殺人とは関係ないだろう?」

「何がなんだかわからないと思いますが、重要なんです」

姫崎は残りのコーラを飲み干した。

「ただ、最後の一かけらが不完全だと台なしになってしまいます。確証がとれるか難しい部分ですが……最後に、北神博士に会わせてもらえますか」

大して警戒する風もなく、北神博士は姫崎と合間を自宅へ迎え入れてくれた。入り口に近い応接間に通される。四隅に精緻《せいち》な彫刻の施された黒檀のテーブルが存在感を放つ部屋だった。学者というものは調度に気を遣わないイメージを抱いていたので、意外に感じられる。舞原の趣味かもしれない、と姫崎は邪推した。

何よりも優先して博士に伝えるべきと思われたのは、セン・ミウアートとの邂逅《かいこう》に関する詳細だ。異世界の知性体、そのふるまい・思惑・言葉のすべてを、記憶の限り、姫崎は博士に語った。

話が終わったとき、博士の表情は初めて光を見た闇の国の住人のように晴れ晴れとしたものだった。

「……一応お断りしますが、すべては俺の主観です。実際は幻覚にすぎなかったという可能性も否定できません」

「いえ、いいえ、信じますわ」

博士は両眼を張り裂けんばかりに見開いた。

「私の想像、計算の大部分と一致しています。かけらが消滅した事実もそれを裏付けています。私は自分の仮説が実証される機会は訪れないだろうと考えていました。数学的な証明とは異なるものですが、それでも充分に喜ばしいものです！」

「本当だとしたら、それはそれで申し訳ない気もします」

姫崎は頭を掻く。

「ミウアートはこちら側との断絶を宣言しました。人類の発展という観点からすると、もう少しこちらとの接触を続けてくれるよう頼んだ方がよかったのではと……」

「それはそれで有意義かもしれませんが」

博士は指を立てる。

「危険も伴います。相手はこちら側のあらゆる事象を自在に調整できるような力の持ち主なのですからね。たとえ善意であれ、その力を借り受けることは途方もないマイナスを得る結果につながるかもしれません。あちらが放っておいてくれるのなら、それに越したことはありません。対面したのが私であっても、同じように対応したでしょう」

意外な見解だった。どちらかといえば北神博士は、多少の犠牲を払っても人類が新しいステージに上がる可能性を優先するような人物だろうと見なしていたのだが。

「ああ、本当に爽快《そうかい》です」

博士は両手を空中にかざす。

「まるで、長年残っていた夏休みの宿題を片付けたみたい……」

言って、視線を姫崎と合間に戻す。

「ですが、それだけではないのでしょうね。本日いらっしゃったのは、別に訊きたいことがおありなのでは？」

「博士に隠し事はできませんね」

姫崎は切り込むことにする。

「大波博士が研究されていた、相貌失認を引き起こす薬剤をお持ちではないでしょうか」

「やはりその話でしたか」

博士は眉じりを大きく下げた。

「あれは不覚でしたね。最初に殺された際、件《くだん》の薬剤が使われていると認識するべきでした」

博士は応接間を出ていった。数分で戻ってきたとき、手に消火器に近いサイズのボンベを抱えていた。

「この中に詰まっています。大波博士が生前、完成させていた気体です。私が受け継ぎ、研究に活用していました。これについては、懺悔《ざんげ》する必要があります。このガスを構成している元の物質自体は無害なものですが、このように人体へ影響を及ぼす薬剤が発明されたことを知った時点で、直ちに公表して取り扱いについて国家の判断を仰ぐべきでした……手間を惜しんで、秘匿していたことは私の不徳のいたすところです」

「その件について、今どうこう責めるつもりはありません」

合間は寛大さを示した。

「なるべく早く、公表いただければ当局としては目をつぶります。今、お伺いしたいのは、その薬品の入手経路です。犯人はどうやって手に入れたとお考えですか」

「元々このガスボンベは、ラボ近くの林に埋められていたものなのです」

博士はボンベのバルブを軽く突いた。

「大波博士は、この薬品を完全に隠すつもりでいたようです。ところが急病で亡くなってしまわれたために、保管場所などを記した記録がラボ備え付けのパソコンの中に残されてしまいました。ラボを引き継いだ私が、記録に気づいたという経緯です。ガスボンベは、まだ何本か林に埋まっています」

「犯人はそのボンベを持ち出した」

合間はスマホにメモを打ち込んでいる。

「おそらく、博士のパソコンをハッキングしたのでしょう」

博士は重々しく頷いた。

「そうとしか考えられません。データはすべて消去したのですが、ある程度腕の立つハッカーなら、復旧も可能でしょうから」

「ガスの薬効について、博士はどこまで把握されているのですか」

姫崎が訊くと、記憶をたどる必要があるのか、博士は少しの間、上を見ていた。

「まず最初に申し上げますが、厳密に言うとこの薬剤は『相貌失認の症状自体を引き起こす』ものではありません。実際の相貌失認患者の症状とは異なる効果なのです。大波博士の目的は症状の再現ではなく、他者の区別がつかなくなる状態を人工的に作り出すというものでしたので」

もう一度、博士はボンベを突いた。ガスが漏れはしないかとハラハラする。

「この気体を一定量吸い込むと、『人間と認識したもの』に対する視覚的要素の記憶力が低下します。たとえば『これまでに会ったことのある人』と私が口にすると、姫崎さんの頭の中に色々な人の顔が思い浮かぶはずです。このとき、Aさんという方が脳裏に浮かぶとして、その方が受け口で面長、まつ毛の長い方だった場合、『受け口』『面長』『まつ毛の長い顔』というパーツの集まりが浮かんだ後、そこに『Aさんである』というラベルのようなものがくっついてくるからこそ、『Aさんの顔』という認識が可能となります……ここまではよろしいかしら」

姫崎は無言で頷いた。

「簡単に言うと、そのラベルを吹き飛ばしてしまうのがこのガスなのです。吹き飛んだラベルは別のパーツに貼《は》り付いてしまうこともある。ラベルがないのままのケースも発生します。そのためガスを吸い込んだ人間は、目の前の人間がどういう姿をしているのか認識できなくなったり、一人の人間を眺めているうちに、姿がくるくると入れ替わったりします」

「確かに、そんな感じでした。俺がラボで、犯人と対峙したときは」

納得できる話だった。しかし、姫崎が気がかりなのはその部分ではない。

「今、『人間と認識したもの』と仰いましたが、無生物や風景の認識がおかしくなるわけではないのですね」

「そうはなりませんね。理論的には。風景や無生物には種類の違うラベルが使われていて、それを吹き飛ばすことはできないと考えればわかりやすいでしょうか。たとえば遊園地のアトラクションなどで、体にペンキを塗った人間が壁と一体化しているとする。人間に気づかなかった場合、ガスの効果は及びません。しかし気づいた時点で『人間と認識する』ことから効果は発生します。詳細なデータを得るには、臨床実験を繰り返す必要がありますが」

「今ここで、ガスを使わせてもらって構わないでしょうか」

姫崎が訊くと、博士も合間も露骨に顔を顰《しか》めた。

「どうしてだ。犯人特定に関係があるのか」

「先に申し上げましたが臨床試験を経ていない気体です。後遺症が残る可能性はゼロとは言えませんよ」

少し迷ったが、姫崎は説明することに決めた。

「具体的に言うと、麻緒が殺害される際に見た光景に重要な手がかりが含まれています。ただ、その時点で彼女もガスを吸い込んでいたはずなので、彼女が幻覚を見ていないという確証が欲しいのです」

「そういうことですか」

博士は両手を広げて合間を見た。

「後遺症の可能性はゼロではないと申し上げました。しかし私の所見では、限りなくゼロに近い数値だと考えています。私にはそこまでしか保証できません」

「やむを得ないか」

合間が腕組みする。

「もしダメだと言ったら、ラボの林から勝手にボンベを掘り出しかねないよな、君は」

ばれていた。

それから六時間、姫崎は思う存分、自分を実験台に使った。

効果は、ほんのわずか、ボンベのバルブを一瞬開いた程度でも現れる。一時間程度は個人の識別が不可能になった。ガス自体の持続力は、大気中に放出されてから三十分程度。飛散は均等ではなく、無風の室内でもポイントによって濃度は異なるようだ。音響閃光弾が炸裂した直後、合間と姫崎にガスが効かなかったのは、倒れていた向きが幸いしたのだろう。

視覚上の効果は様々で、人の形がモザイクのように見えたかと思えば、次の瞬間にはその場にいるはずのない人物の姿に変わったりもする。

名札を貼れば識別できるのでは、と博士たちに付けてもらったが、失敗に終わった。名札の文字が滲んだり、靄に覆われたり、文字を目にしているのに識別ができないなど、とにかく個人を判定する材料にならないのだ。

効果の持続中は声も異なって聞こえた。声自体は聴きとれるが、声色が変化して誰のものか判別できないのだ。

これらが「ラベルが剝がれる」状態なのだろう。個人が認識できなくなるというより、自分以外の存在を区別する必要を脳が忘れてしまう、と表現するのが正しいかもしれない。

やはり、ラボで襲われたメンバーの証言から、犯人を導き出すのは困難だ。

他の効果としては、触覚が少々鈍ったように思われた。姫崎も脇腹を刺されたが、ガスがなかったら痛みは一層激しいものだったかもしれない。

また、ガスを吸い込んだ際、甘い香りがするが、博士によるとこれはガスそのものの匂いではなく、嗅覚《きゅうかく》異常によるものとのことだった。

ガスを吸い込むタイミング、吸い込み方、姿勢……いくつものパターンを試した末、姫崎は確信する。

個人の識別が不可能になるというガスの効果。触覚の鈍りと嗅覚異常という副作用。しかし、空間把握や風景の認識はまったく損なわれなかった。

つまり、麻緒は幻覚を見たわけではない。

それなのに彼女は言った。「ゆっくり流れる景色に、停車のアナウンスも聞こえて――」

「ありがとうございます北神博士。これで自説が補強できました」

空になったボンベを姫崎は博士に返す。

「これまで博士には色々とご教授いただきましたが、私からの質問はこれが最後になると思います。お笑いタレントの、エンデヴァー高橋さんについて教えていただけますか」

「これは、意外な名前が出てきましたね」

博士の瞳が興味の色に輝いた。

「どういった次第で、彼に注目されたのですか」

「説明会には当初、彼を呼ぶつもりだったはずが、急病になったので代わりに麻緒が来ることになったと聞いています。俺が気になっているのは、そもそも高橋さんに白羽の矢が立った理由です。色々考えた結果、これは適当な人選ではなく、意味があるものに違いないという結論に至りました。失礼ながら博士、高橋さんとどういったご関係なのか、伺ってよろしいでしょうか」

「とくに隠すようなことではありません。彼は、教え子です」

「そうなんですか?」

合間が驚いて声を張り上げている。

「こちらとしては高橋さんに注目していたわけではなかったんですが……まさかそういうつながりがあったとは」

「高橋君は、私の門下でも有数のプログラマーでした。ランクで言いますと、雷田さんと同レベルかしら。お笑いの仕事が忙しくない時分は、雷田さんのようなセキュリティーチェックの仕事をお願いしていたこともあるのです」

「そのセキュリティーチェックとは、博士の公的な業務で使用するシステムに関してのものですか。あるいは私的なもの、つまり今回の研究に関したものですか」

「私的なものです。内容を告げたことはありませんが、ラボで使用しているシステムの精査をお願いしたこともあります」

「あくまで仮定の話ですが」

姫崎は言葉を選びつつ、訊いた。

「高橋さんの使用するパソコンをクラッキングした場合、連動して博士の使用されているネットワークに忍び込み、時間巻き戻しに関する研究を盗み見ることは可能でしょうか」

「可能でしょうね。高橋君には、遠隔操作で私のパソコンを精査できるパスワードを伝えていますので。パスワードは廃棄されているはずですが、腕のいいクラッカーならサルベージできる可能性はあります」

「今の話、どういう意味があるんだ」

合間が訊く。

「まさか、高橋さんも容疑者の一人だと言い出さないだろうな」

「それはないです。高橋さんはあまり関係ありません。ただ、疑問点の一つを潰しておきたかったんです」

姫崎は北神博士に向き直り、丁寧な発音で言った。

「博士のおかげで結論に近づきました。近いうちに、事件の全貌《ぜんぼう》を明らかにできると思います」

「それは喜ばしいことです。ですが」

博士は首をかしげ、少しだけ眉を寄せた。

「なんだか悲しいですね。説明会にお呼びした方たち、皆さん、とても個性的で魅力溢れる方でした。その中に混ざっていたのですね、殺人犯が」

「合間さん」帰り道、姫崎は警視に訊いた。

「北神博士が最初に殺されたとき、説明会会場で全員の不在証明を確認しましたよね。結局、アリバイを証明できたメンバーはいませんでしたが」

怪訝な表情の合間に構わず、姫崎は続ける。

「舞原和史だけが、『本来は十一時に友人と会う予定だったが、朝の八時に変更となったのでアリバイにならなかった』みたいなことを話していたと記憶しています。あの話、裏はとってますか」

「一応、確認した」

合間はすぐに返事をした。

「アリバイには無関係な話だったが、そういうところから何かが出てくる場合もあるからな。舞原が会っていたのは学生時代の友人で、旅行中に京都に立ち寄るので喫茶店で会おうという話になったらしい。最初は昼前に会う予定だったものが、友人の親戚が急死したとのことで急いで京都を発《た》つ羽目になったので、時間を朝八時にずらしたらしい」

「どこの喫茶店です？　八時ごろに会ったのは間違いないのですか」

「京都駅前の喫茶店だ。印字があるレシートも見せてもらった。二人とも早目に待ち合わせ場所へ着いたので、実際には七時四十五分から八時半までそこにいたようだ」

合間は納得いかない風に、唇を噛んだ。

「それは博士が殺された周回の話だ。その次の周回も、その次の今回も、それどころではなくなったので友人との約束はキャンセルになっている。アリバイとして、意味は成さないと思うが？」

「いいえ。非常に意味がある証言なんです」

姫崎は拳を固く握りしめた。

「これで分かりました」

「何がだ」

「犯人です。誰が我々を殺したかが判明しました」


深夜一時十九分。姫崎は緊張の面持ちで時計を見守っている。

セン・ミウアートの言葉が偽りでないならば、時は一時二十分から先に進んでくれるはずだ。九百八十二回もの間、全宇宙が閉じ込められていた、繰り返しの牢獄《ろうごく》から解放されるのか否か。

一時十九分五十秒。五十一秒。五十二秒。五十三秒。五十四秒。五十五秒。

五十六秒。五十七秒。五十八秒。

五十九秒。

――一時、二十分。

「抜け出した」

どっと疲れを覚える。体感たった四日間の繰り返しでこうなのだから、北神博士の解放感はこの比ではないだろう。

ミウアートは、嘘をつかなかった。同時に、犯人の目論見はこれで完全に断ち切られたのだ。早速携帯が鳴る。合間からだ。

「巻き戻しは発生しなかった。この状況、喜んでいいのだろうな」

「もちろんです。オーロラのかけらも消失、巻き戻しも打ち止めになった。これで、セン・ミウアートの証言に信憑性《しんぴょうせい》が生まれました」

「証言、か」合間が笑う。「人知を超えた存在を証人扱いというのは、ナンセンスというか不遜というか……」

「それでも、証言です」

姫崎は力を込めて言い切った。

「これで理屈が通ります。合間さん、説明会に出席した全員と、同時にコミュニケーションをとるアイデアを考えましょう」

姫崎は高揚感《こうようかん》に包まれていた。これまで犯人には、散々煮え湯を飲まされてきた。その犯人に、ようやく一太刀《ひとたち》浴びせる機会が訪れたのだ。

「皆に伝えます。『時空犯』が誰だったかを」

第六章　時空犯

「皆さん、お忙しいところお集まりいただき、大変恐縮です」

二〇一八年六月二日、午後一時。姫崎はディスプレイに映る残り八人のメンバーに語りかけた。

「いやいや、集まってへんやん」

大岩がつっこみを入れる。

現在、姫崎は自宅にいる。パソコンに接続されたWEBカメラ兼マイク兼スピーカーによって、他のメンバーと同時に会話ができるよう設定された状態だ。

近ごろはこのような形式で会議を行うケースも珍しくはないのだが、これから犯人を指摘します、という状況では正直、格好がつかない。とはいえラボで全滅させられた前例があるため、形式より安全を重視するのも仕方がなかった。

メンバーは全員、自宅にいるはずだ。この時間帯ならば、皆、説明を聞く余裕があるとのことだった。

「まずは皆さんに、お疲れさまでしたと申し上げましょう。この四日間の六月一日は、我々にとって、まさに想像を絶する日々でした。時間が繰り返し巻き戻され、全員が殺され甦った……このような経験はしたくてもできるものではありません。巻き戻しが終了したことで、皆さん、心底ほっとされていることでしょう」

「博士にとっては、九百八十二日間ですな」

舞原が割り込んだ。

「どうです、今のお気持ちは？」

「牢獄から抜け出した、という気分ですわね」

ディスプレイの北神博士は、少女のように屈託のない笑顔を見せた。重荷を下ろしたせいか、若返ったようだ。

「とはいえ、完全には安心できない、という方もいらっしゃるでしょう」

姫崎が話題を戻す。

「巻き戻しにより、我々は生き返りました。しかし、自らの目的を達成するためであれば、殺人も厭わない人物がこの中に紛《まぎ》れ込んでいるという事実は変わりがないのです。もはやその人物を罪に問うことはできません。ですが犯人が誰であったかを特定することで、犯行に至った経緯をその人物に語らせることで、我々は疑心暗鬼から解放され、まずまずの平穏を得られるのではないか、と考えています」

「ここで話し合って、犯人らしい人物を指摘するということですか」

烏丸が、乗り気でなさそうな声を出した。

「それは、魔女狩りのような形にならないでしょうか」

「それは大丈夫です。話し合うのではありません。私が説明します。すでに犯人が誰かは判明しています」

スピーカーから幾人かのどよめきが聞こえた。

「証拠があったんですか。こんな、巻き戻しの中なんかで……」

黒川の問いかけに、姫崎は首を横に振る。

「巻き戻しの結果、鑑識の記録もすべて消滅しています。すくなくとも裁判で材料にできるような形の証拠はありません。あるのは、論理だけです。筋道を立てて考えると、この人物以外は犯人に当てはまらない。そういう論理があるだけです」

「論理って、そんな、それだけで人を犯人呼ばわりは……」

黒川が抗議の声を上げたが、

「とりあえずは、最後まで聞いていただきたい」

合間が助け船を出した。

「彼の明晰さは、私が保証します。詭弁《きべん》を弄《ろう》する男ではありません。現実を見据え、しっかりした解答を導き出してくれる男です」

不服げに黒川は黙り込んでしまった。合間に感謝の意を告げ、姫崎は本題に入る。

「最初に私の思考方法について説明いたします。今、合間警視に持ち上げていただきましたが、論理といっても難解なものではありません。つまるところは、犯人の行動です。この事件のAという局面で、犯人はBという行動をとった。CというところはDという行動を選択した。これらを集め、各人の行動と照らし合わせます。Cという局面でDを選択しえない人物が現れたならば、その人物は容疑者から除外される。これを繰り返していくことで、容疑者の範囲を狭めていくというやり方です……」

「つまりは、消去法ですな」

舞原が首を揺らした。

「手堅いアプローチだ。ただ、一つ異議を唱えてもよろしいでしょうか。姫崎さんは容疑の範囲をこの九人に絞っておられるようですが」

舞原は両手をかざし、指を折った。

「最初の殺人の際に合間警視が仰ったように、絶対に犯人がこの九人の中にいるとは言い切れないのではないでしょうか？　ラボの殺戮《さつりく》にしても、外部から犯人が入ってこなかったとは言い切れません。加えて犯人にクラッキングの高度な知識があれば、説明会を経ずに巻き戻しとその認識に関する情報を窃視できたかもしれません」

「厳密で、有意義なご指摘です」

姫崎は率直に認めた。受け流されたように感じたのか、舞原は微笑んだ。

「今、舞原さんにお話しいただいた点の他にも、問題点はありました。時間巻き戻しのルールがはっきりしないというところです。北神博士は、六月一日が九百八十一回も巻き戻されたと認識されている。途中から薬を飲んだ我々も三回分の巻き戻しを体感しています。ですが巻き戻しが、本当にそれだけだったのかの保証がない。犯人はもっと巻き戻しを繰り返していて、それが我々には認識できなかったという可能性もゼロではなかったのです。なにしろ時間巻き戻しという現象を、科学的に規定する手段が存在しないのですからね」

「ところがです。幸運にも、今述べた不明点に関する保証を得られる機会が訪れました。ラボで私たちが全滅させられた周回のことです。犯人の行動から、巻き戻しを引き起こす方法に当たりをつけた私は、九百八十一回目の巻き戻しの発生に成功しました。その際、この世界とは別の空間で、北神博士の仰っていた『知性体』と邂逅する幸運に恵まれたのです。正確には、知性体の内部に取り込まれたと表現するべきかもしれませんが」

姫崎は、ラボで巻き戻しの方法に気づいた経緯と、セン・ミウアートとの対話内容に関して詳しく説明した。

「直接話をしたって言うんやな……そんな、神様みたいなもんと」

オバちゃんは目を丸くして肩を振動させた。

「『理解できない対象と最も有意義な形で共存する方法は、関わりを絶つこと』か、なるほどね」

雷田はその言葉に感銘を受けたらしく、うつむいて考えこんでいる様子だった。

「セン・ミウアートとの邂逅は、素直に受け止めるべきか判断に迷う出来事でした。単なる夢、幻影だったという解釈も否定はできないからです。ですが、この話を博士にお伝えしたところ、博士は信憑性を保証してくださいました」

姫崎の言及に、ディスプレイの北神博士はゆっくりと頷いた。

「ラボで皆さんにお話しした知性体の話を覚えておられますでしょうか。あのときは触りを申し上げただけで、知性体の思考形式の詳しいところまでは説明しませんでしたね。空間に蓄積された情報から知性体が生まれる場合、どのような特徴を備えたものになるのか、これも私の研究内容でした」

博士は咳払いを一つした。

「情報が溢れ、拡大を続ける空間そのものに意思が宿った場合、こちら側の空間に他者が存在することは理解できても、他者が複数存在することを感覚で理解するのは難しいのではないか、というのが私の想定でした。ようするに知性体は、私たち個々人を区別できないのではないかと」

舞原が興奮した様子で手を叩いた。

「ようやく納得しましたよ。相貌失認の研究は、そのためだったのですね」

「そういうことです。複数の他者を区別できない知性体が、どのようなちょっかいをこちら側に仕掛けてくるものか、それを解析するのが狙いでした。重要なのは、姫崎さんが対話したという知性体が、その特徴を備えていたという事実です」

「なるほど、単なる夢の産物であれば、そうはならないはずだと」

「姫崎さんが会った知性体は、まぎれもない本物だったと私は太鼓判を押します。その他にも、これまで散々繰り返されてきた巻き戻しが終了したこと、保管していたはずのオーロラのかけらが消失していたことも補強材料となるはずです」

博士が言い終えたあと、姫崎はディスプレイの全員の反応を見守った。各々理解する時間に差はあるようだが、異を唱える者はいなそうだと判断する。

「私の会った知性体が本物であったならば、こちらに語ってくれた内容も信じていいはずです。こう言ってはなんですが、あちらに対して我々はちっぽけすぎます。時間軸に自由に干渉できるような存在が、わざわざ嘘をついてこちらを欺こうとするとは思えません。そもそも、嘘をつくという発想があるかどうかも怪しい。では、知性体の話が正しいとして、今回の事件に関連して重要なのはどの部分なのか——こちらにまとめます」

言葉を切って、姫崎はキーボードを叩く。入力した内容は、全員が閲覧できるように設定されている。

①六月一日が巻き戻された回数は計九百八十一回
②六月一日に巻き戻された時間の範囲は常に同じ
③六月一日に巻き戻しが認識できる状態になっていたのは計九名
④六月一日になってから巻き戻しが認識できる状態に変化したのは計八名
⑤巻き戻しは、オーロラのかけらに触ることで認識できるようになる
⑥巻き戻しの原因を発生させるだけでは巻き戻しは認識できない

⑦巻き戻しの認識は半永久的に持続する
⑧巻き戻しを認識できる状態の人間が、もう一度オーロラのかけらに触れても、何も変化しない

姫崎はしばらく口をつぐみ、全員がまとめを読み終わるのを待った。

「ええと」

大岩がおずおずと手を挙げる。

「……これ、とくにないんちゃうか。新しいことは」

「大抵は予想通りですね」

姫崎は頷いた。

「おそらくこういうルールだろうと、皆が考えていた内容です。ですが絶対にこういうルールだと、知性体が保証してくれたことに意味があります」

「たしかに、これは重要ですな」

舞原が指で目を擦った。

「これらの項目によって、私の疑問がクリアになりました。犯人は、間違いなくこの九人の中にいることになる」

「へえ、どういうことや?」

「③を読みなよ。巻き戻しを認識できたのは合計九人ってあるでしょう」

雷田が大儀そうな顔で教える。

「僕たち参加者と、博士を合わせて九名だ。もし、僕たち以外の誰かが犯人だったとしたら、そいつも巻き戻しがわからないと犯行は無理だから……」

「そっか！」オバちゃんは筒の形にした拳で掌を叩いた。ぽん、ときれいな音が鳴る。

「そいつが薬を盗むとかして飲んだら、巻き戻しがわかる人間の数は十人になってしまう。数が多いんや」

「だから認識できた人間の数が九名である限り、犯人は俺たちのなかにいるってこと」

「これでスタート地点に立ったというわけですね？」

烏丸が高いトーンで訊いた。

「巻き戻しのルールと、容疑者の範囲が確定。ここから姫崎さんのやり方で、犯人でない人物を除外していくと……」

「まだまだ長い道のりですが、どうかお付き合いください」

時刻表示を見ながら、姫崎は言った。

「それではこれより、まだお伝えしていない事実を補足しながら、犯人がとったと思われる行動をトレースしていきます。まず最初に、犯人は時間の巻き戻しという現象を知る必要があります。これについては、時期は明確ではありません。北神博士は、私物のパソコンに研究の記録を保存されていました。このパソコンはネットワークにつながる時期もあったため、スパイウェアやクラッキング技術を駆使すれば研究を盗み見することは全員に可能でした」

「待って待って、そしたら私は容疑から外れへん？　私パソコンやらネットやらからっきしやから。今のこのカメラかて、動かすの、タカオくんに手伝ってもらってるし……」

目を輝かせる大岩には申し訳なかったが、姫崎は首を横に振った。

「残念ですが、あなたがパソコンにからっきしだという証明がありません。この中で最もクラッキング技術などに優れていると思われるのは雷田君ですが、彼と同等かそれ以上の技術者がこの中に紛れ込んでいるという可能性も否定できませんから、現時点では雷田君が最重要容疑者というわけでもない」

ありがたくもなさそうに雷田は肩をすくめた。

この辺りは、博士が最初に殺された日、合間や麻緒と話し合った内容だ。

「研究を盗み見た犯人は、どうやら信憑性のある内容だと判断し、自身の目的を果たすために巻き戻しを発生させることを決心しました。同時に自分の思うままに事を進めるため、研究者である博士や、他にも巻き戻しを知っている人物がいるようならそちらも排除する必要があると決意したに違いありません。また大波博士が開発したガスについても存在を知り、入手したものと思われます」

ラボで全員に使用されたと思われるガスについて、姫崎はこの時点で説明を行った。

「そして最初の六月一日になりました。千回近い巻き戻しの始まりですが、おそらくこの日付自体に深い意味はないと思われます。なぜならこの時点で、誰も巻き戻しの発生に成功していないからです。間違いないのは、この日、犯人が博士のラボに忍び込んだことです。オーロラのかけらを盗み出すのが目的だったと思われます。あのラボはさほど頑丈なつくりではありませんでしたから、工具などで壁を破壊すれば侵入は容易だったはずです。侵入しても、警備会社に連絡が行くような設定でもありませんでした」

「本当に、もう少し厳重にしておくべきでした」北神博士が髪をかき上げた。

「犯人は、金庫を破壊してかけらを取り出そうとした。その際、かけらに触ると同時に破壊してしまったものと思われます。失望は大きかったでしょうが、その夜、思いがけない出来事が起こりました。巻き戻しが発生したのです。すぐに気づいたか、何度か試行錯誤をしたのかは分かりませんが、かけらを破壊することが巻き戻しにつながると、犯人は理解した」

「私の見立てが正しかったようですな」

舞原は嬉しそうだ。

「犯人は、博士より有能でも天才でもなかった。ただ慎重さに欠ける行動によって、偶然巻き戻しの方法を発見したわけだ。巻き戻せば、破壊されたかけらも元に戻ってしまう。解析ができないわけです」

「以降、犯人は巻き戻しを繰り返しました。おそらく深夜に入口か壁を破ってラボへ侵入し、毎回金庫か、かけらそのものを破壊したのでしょう。そうして自分の目的を果たすための何かを繰り返した。同時に巻き戻しを認識しているはずの博士に対抗するための準備も整えていたと思われます。件のガスの効力テスト、音響閃光弾の調達に人体実験……巻き戻しでなんとでもなるわけですから、ためしに人を殺してみたりもしたかもしれません」

話を聞いていた黒川がぶるりと震えた。顔が青い。怖がらせるつもりはなかった、と姫崎は反省する。

「そうして巻き戻しが九百七十八回に及んだ時点で」

姫崎は博士に視線を送る。

「巻き戻しが異常発生する原因を究明するため、北神博士は、白羽の矢を立てたメンバーに連絡を取りました。ところがその八名の中に犯人が混ざっていたため、犯人を利する結果になってしまった……犯人は、自分以外に誰が巻き戻しを把握可能な状態になっているのか正確に知ることができました。そして次の周回から、邪魔者の排除を開始したのです」

「九百八十回目の朝、最初の被害者として選ばれたのは北神博士でした。博士は巻き戻し現象について最も詳細な情報を持っておられたため、情報の拡散を防ぐと共に、研究成果を奪い取る目的で狙われたと思われます。こうして昼前、自宅から出たばかりの博士を犯人は殺害し、奪い取ったカードキーでラボに侵入しましたが、キーだけでは金庫を開錠することはできず、おそらくそれまでの周回で入手していた以上の成果は得られませんでした」

「その結果、犯人は計画を改めました。もう一度時間を巻き戻して、標的を変更したんです。二番目の被害者に選ばれたのは蒼井さんでした。蒼井さんは比較的知名度の高いテレビタレントです。彼女が番組などで巻き戻しについて発言などしようものなら真に受けるファンもいるかもしれないし、マネージャーやSPを近くに侍《はべ》らせるような状態になれば、殺害の手間が増えてしまう……」

ふとディスプレイの烏丸を見た姫崎は、彼女の表情が翳《かげ》るのを見て、しまった、と後悔する。キクナ・マトイの芸能人ランクが大したものではないとけなしているようなものだからだ。しかしまあ、事実は事実。スルーしておく。

「ただ、彼女が厄介な立ち位置にいることは間違いないでしょうが、同様に影響力を持った方は他にもいらっしゃいますし、その中で彼女を優先する理由としては違和感も残ります。正直に申し上げますと、この辺りは現時点で、明確な解答を得られてはいません。ですが今、手元にある材料から断言できる部分は少ないと判断して、先に進めさせていただきます……」

「とにかく犯人はオーロラのかけらを破壊して時間を巻き戻しました。そして九百八十一回目の朝、JR近江長岡駅へ向かったのです。説明会で、蒼井さんは夜行列車に乗って京都に来たことを公言していました。犯人は七時三十分に到着した『いぶき』に乗り込み、蒼井さんが一人でコンパートメントにいるのを確かめた上で殺害した」

画面の中で、麻緒が青い顔をしてうつむいていた。殺されたときの記憶がフラッシュバックしたのかもしれない。

「犯人は、同じ日に他のメンバーも始末しようと決意しました。そうしてラボに我々全員が集まった状況を利用して、音響閃光弾とガスを活用して皆殺しを完遂したのです。殺害を実行するのが夜になったのは、念のため、こちら側の手の内をすべて知ってから殺すつもりだったからと思われます」

「私に語るだけ語らせて、これ以上何もなさそうだから始末したというわけですね」

博士は爽《さわ》やかな笑みを浮かべる。

「本当に、探偵さんには感謝しています。あなたが気づいてくださらなかったら、私たちはここにいなかったでしょう」

「いえ、私だけの手柄ではありません」

姫崎は面映ゆい。

「犯人が博士より先に巻き戻しの方法に気づいた経緯について、偶然が作用したのではないかとの示唆をくださったのは、舞原さんですから」

「おやおや、これは光栄ですな」

「それに、意識を失った俺をラボから連れ出してくれたのは、合間警視です。私一人では何もできませんでした」

姫崎が言及すると、お世辞は不要、とばかりに合間は目を細めた。

「一個人ではままならないことも、集団の結びつきで乗り越えられる、という結論になりますかな。じつに美しい形だ」

皮肉か本気か判別のつかない調子で、舞原が言う。

「アレやな、友情パワーやな！」

「とにかく」

慣れない空気になってきたので、姫崎は話題を戻した。

『様々な幸運に恵まれた結果、私は巻き戻しを発生させることに成功しました。セン・ミウアートとの邂逅を経て、最後の周回、九百八十二回目の朝が始まりました。この周回で、犯人からのアプローチはゼロでした。すくなくとも、こちらの目に留まるような行動は見られませんでした」

姫崎は机に用意していたミネラルウォーターに口をつける。

「以上が、今回の事件に関連して犯人が取ったと思われる行動のまとめです」

全員、しばらく黙っていた。

「うーん、まとめてもらったのは、確かにわかりやすいけど」

大岩が腕を組む。

「これで、ホンマに犯人が割り出せるんか？　ウチにはさっぱりやで」

「あくまで基本的なまとめです。これをベースに、各人の証言や証拠を参照します」

姫崎は姿勢を正した。

「では手始めに、メンバーの一人を容疑者の範囲内から除外するとしましょう。二番目の被害者とされている、蒼井麻緒さん」

名前が呼ばれたからか、他人行儀な呼び方だったからか、ディスプレイの麻緒はしゃっくりのように喉《のど》をならした。

「え、わ、私？」

「彼女を俎上《そじょう》に載せるにあたり、合間警視が入手していた証拠について説明しましょう。現在警察では、特殊な機器を使って被害者の傷跡を数値化する試みが行われています。S・Rという機器で、犯行にあたり同一の凶器が使用されたか、同一犯の手によるものか、かなりの精度で確認できるそうです。当然、記録しても巻き戻しで消えてしまうものではありますが、幸いにも合間警視が数値を記憶されていました。それによると、九百八十回目の正午に殺された北神博士の傷跡と、九百八十一回目の朝に殺された蒼井さんの傷跡と、同周回夜に殺された警備員の一人の傷跡は、同一犯と言ってよいレベルだとのことです」

「待ってください。姫崎さんは私も疑ってたんですかー」

麻緒が頬を膨らませる。

「ひどくないですか？　私、殺されちゃってたんですよ」

苦笑しつつ、姫崎は答える。

「悪いが、今回の事件で殺されたのはお前だけじゃない。死んだという事実だけで容疑者扱いからは外せないんだよ。たとえば麻緒が犯人だとして、自分への疑いを晴らしたいと思ったら」

姫崎は指先で喉を搔き切るふりをした。

「他殺に見せかけて自殺する。要は、自分で脇腹を刺す。時限装置か何かで自動的に金庫の中のかけらが壊れるよう用意しておけば、あとで巻き戻しが発生して、生き返ることができる」

ふくれ面が萎《しぼ》む。

「しかしながら、麻緒の場合はツキがあった。自分が死んだ後にラボで大量殺人が起こり、殺された警備員の傷口が、麻緒の傷口のデータと一致したからだ。自殺だろうが他殺だろうが、麻緒が夜の時点で死んでいたことは間違いないから、自分と同じ傷を誰かに付けることはできない。結論として、蒼井麻緒は犯人ではない」

「なーんやそれ」

オバちゃんがにたにたと笑う。

「探偵さん、結局麻緒ちゃんから先に疑いを晴らしてあげとるんやん。ひいきやで、ひいき！」

「違います、それは違います」姫崎は否定する。「これから後の推理の組み立てで、彼女の証言を重要視する部分があるんです。そのために、まず信頼のおける位置に動かす必要があったんですよ」

「姫崎さん、今のお話を聞いた限りですと」

北神博士も人の悪い笑みを浮かべていた。

「最初の被害者であるこの私も、厳密には容疑者の枠内にあるのですね？」

「申し訳ありませんが、そういうことになります」姫崎も頬を歪ませる。

「ただし、北神博士については、別の方向から犯人ではないことを証明できます。博士が犯人だった場合、ラボのカードキーが奪われていたことに説明がつかないからです。この周回、九百八十回目の十三時十分、犯人は博士のカードキーを使ってラボに侵入しています。博士は十二時ごろには死亡しているので、自分でラボに行くことはできません。博士が自作自演で被害者を装っていたとしたら、自分で自分を刺した後で、誰か共犯者にカードキーを渡し、ラボに入らせたことになる。そんな指示を与えるメリットがありません。博士の死亡後に誰かがラボに入ったことは遅かれ早かれ発覚するでしょうから、警察の捜査が入ります。巻き戻しを起こすために時限装置の類をセットしていた場合、それを台なしにされてしまう可能性がありま す。被害者を装って死んだあと、生き返るつもりでいたなら、するはずのない悪手です」

「こうは考えられないかしら。時限装置のセットを忘れていたか、作動するか不安になった。だから共犯者に頼んで確認させた」

博士はなおも、自分を逆弁護する。身の潔白より、議論の楽しさを優先しているのだろう。

科学者とは困った生き物だ。

「その場合は、自分で確かめに行って、後で自殺すればいいんです。他人に任せる必要はありません」

「この件について補足します」合間が口を挿んだ。

「自殺に見せかけて自分で自分を刺す、というのは言うほど簡単な行為ではありません。そもそも自傷で死ぬ試み自体、難易度が高い。成功したとしても、所見は他人を刺す場合と間違いなく異なったものになります。共犯者に刺してもらっても同様です。ただ千回近い巻き戻しの中、練習を重ねたら区別ができなくなる可能性もゼロではない。ですから蒼井さんと博士を疑うのはあくまで念を入れてのレベルで、と考えてください」

「それでは、ありがたいことに、私も容疑者の範囲外ですね」博士は両手を組んだ。

「これで二人が潔白。残りは七名ですね」

「なるほどなあ」大岩が感心するように目を丸くした。

「こういう感じで、容疑者を絞っていくんやな」

「博士に関しても、早い段階で容疑者から外すことは意味があります。セン・ミウアートの実在、ひいてはその言葉が正しいのを保証してくださっているのは博士だからです。博士のお墨付きと、麻緒の証言がここからの鍵になります」

「あのう、証言って、姫崎さんが気にしてた風景の話ですよねえ」

麻緒が遠慮がちに手を挙げる。

「よく分かんないんですけど。アレの意味」

「今から話す。お前の証言が、この推理の肝《きも》なんだ」

姫崎は気力を充塡《じゅうてん》するような気持ちで息を吸い込んだ。ここからが佳境だ。


「先ほど私は、今回の事件に関して犯人が採ったと思われる行動を推測して、時間ごとに並べました」

全員の反応を気にかけながら、姫崎はマイクに語りかけた。

「ところが、このモデルには誤りがありました。間違いに気づかせてくれたのが、蒼井さんの発言です」

『ですから私、そんなに大事なこと言いましたっけ?』

麻緒は左右にゆらゆらと首を傾げる。

「『いぶき』の中で殺人犯に刺された後の話でしたよね」

「彼女は犯人に刺されたあとも、しばらく意識がありました。その間、外の風景が目に入ったと言いました」

姫崎は普段より優しめの声を麻緒へかける。

「麻緒、もう一度教えてくれ。お前の目に、外の風景はどう見えた？」

「どう見えたって——普通ですよ？　ゆっくり外の風景が流れてました」

「流れた？」合間が硬い声を出した。

「え、私、変なこと言っちゃいましたかね」

「それから、他にもあったよな。お前の耳に何が入ってきた？」姫崎は問いを重ねる。

「アナウンスです。停車のアナウンスが、聞こえてきたんですけど」

「アナウンス、ですか」舞原が肩を揺らした。

「ええええ、何か変ですか？　普通じゃないですか」

「おかしいですよ蒼井さん」烏丸が連続で瞬きをする。

「私たちはこう考えていたんです。特急『いぶき』にあなたが乗っていることを知っていた犯人は、終点の近江長岡駅であなたを待ち構えていた。七時三十分に列車が到着した直後、中に入り、あなたを刺したって……」

「その通りですけど」

「それだったら、終点に着いたのにどうして列車が動いてるんですか？　あなたが倒れた後で、到着のアナウンスが聞こえたのはどうしてですか」

「あ……」

ようやく麻緒も気づいたようだ。

「あれ？　でも電車が停まって、それから影が入ってきて……」

「我々を襲うとき、犯人は相貌失認を引き起こすガスを使用していました」

麻緒の困惑をよそに、姫崎は話を続ける。

「その影響で、事実を誤認しているのかとも思われた。そこで博士に同じガスを借りて実験を繰り返してみましたが、あのガスで不明瞭《ふめいりょう》になるのは個人の識別だけでした。あとは甘い匂いの幻覚と触覚の鈍化が発生するだけで、風景や音声認識に支障はありません。するとどういうことになるのか」

姫崎はもう一度、優しい声を出す。

「麻緒、お前は『いぶき』が停車して、ドアが開くのを確認したか？」

「してない、ですよ？　私のコンパートメントからは乗降用のドアは見えないんです」

「合間警視は覚えておられるかもしれませんが、最後の周回、九百八十二回目の朝に麻緒を迎えに行った際、『いぶき』は駅に到着する直前で一度停まりましたよね」

「君が慌てていた、あれだな」合間は記憶していたようだ。「停車ミスとか、アナウンスで謝罪していた」

「全員、経験されていると思われますが、時間の繰り返しの中で、何もかもが前回と同じになるわけではありません。ですが生き物の行動にはパターンというものがありますので、前回と似た行動を起こすことは珍しくない。九百八十二回目の停車ミスは、九百八十一回目でも発生した可能性があります。それを麻緒は、停車と間違えた。おそらく犯人も」

「犯人も？」オウム返しに黒川が呟いた。

「犯人は最初、列車が近江長岡駅に到着してから麻緒を襲うつもりだった」

姫崎は断言する。

「そうしなければ、自分が最初から『いぶき』に乗り込んでいたことがばれてしまうからです」


一分ほど経って姫崎はディスプレイの一同を見渡した。まだ染み込んでいない。姫崎自身も、この結論にたどりつくまで時間を要したので、無理もない話だ。

「列車が到着する前に麻緒が襲われた以上、犯人はその前から車内にいたと考える他はありません」

皆の思考を妨げないよう、ゆっくりと話す。

「その事実を隠すために、犯人は終点到着後に麻緒を襲う形を選んだ。到着するまでは殺せない。死体の発見が早すぎた場合――たとえば走行中に列車のスタッフに発見された場合など、犯人が車内にいたことが確定してしまいます。ところがです。焦りか、不注意によるものか、犯人は到着直前の停車ミスを到着と勘違いしてしまったのです。麻緒が外の風景を覚えていたことから、このように発覚してしまいました」

「う、うーん……わかった。わかったけど……わからん」

オバちゃんの顔面に、混乱が渦巻いている。

「犯人が、最初から列車に乗ってた。それはわかった。けど、それが判明したからどうなるのん？　なんで犯人は隠す必要があったんや」

「『いぶき』に乗車していたことを知られる手掛かりを残したのは、犯人にとって致命的なミスです。これまでの行動を振り返る限り、この犯人はおそろしく慎重で、用意周到な人物だ。これが唯一と言ってよいほどの失策ですが、あまりに致命的すぎた」

ええと、ああそうか、なるほど、わからない……といった声がスピーカーから各々響いてくる。理解した様子のメンバー、道半《なか》ばのメンバー。中でもオバちゃんが一番苦悩しているようだ。姫崎は助け舟を出す。

「繰り返しますが、これまで我々は、麻緒の殺害を優先すると決めた犯人が、巻き戻しを発生させた後、近江長岡まで急いでかけつけ、麻緒を殺したものと考えていました。しかし犯人は近江長岡より前に『いぶき』に乗り込んでいた」

「うん、それは判るけど、大して変わりはないやん。終点より前の駅から乗ったってことやろう。時刻表とか、わからんけど」

『『いぶき』は前日二十二時に東京を出た後、名古屋に五時着、その次はもう終点です」

「せやったら、名古屋から乗ったってことやろ？　いけるやん」

「それは無理なんです」姫崎はかぶりを振る。

「この巻き戻しの中で、名古屋から『いぶき』に乗車することは不可能です」

「いやいやいやいや、できるやん！」

大岩はまだ気づいていないようだ。勘の悪い人ではないのだが。

「三時くらいに早起きしてやな、タクシーとか飛ばしたら、間に合うやろう？」

「無理だっての。大岩さん、忘れてない？　巻き戻しのルールのこと」

業を煮やしたのか、しばらく沈黙していた雷田が口を挿んだ。

「巻き戻しの期間は必ずしも二十四時間じゃないって話だったろ。今回の、二〇一八年六月一日の巻き戻しの場合、深夜二十五時二十分の時点で遡行が始まり、朝の五時三十五分から次の周回が始まる。言い換えると、繰り返し過ごすことができるのは、朝の五時三十五分から翌日の二十五時二十分までの間ってこと。つまり五時には戻れない」

「はあ、へえ？」

まだピンとこないようなので、姫崎は詳しく説明する。

「巻き戻しの中で、犯人がこう考えたとします。――最初は北神博士を殺したけど、やっぱり蒼井麻緒の方が邪魔だ。もう一度時間を巻き戻して、来るときに乗っていたという夜行列車に紛れ込んで殺してしまおう。巻き戻しが終わったら、名古屋から列車に乗るとしよう――ところが巻き戻しを発生させてみると、すでに五時三十五分です。五時の名古屋発にはどうしたって間に合わない。この繰り返し期間に例外がないことは、セン・ミウアートが保証済みです」

「はあーん、わかった、しっくりときた！」

怪しい宗教のように、大岩は柏手を連続で打った。

「朝の五時三十五分より前には絶対に戻られへん、せやから『いぶき』に乗り込むのはできへんかったって話やな。あー、わかった、わかった、わかったっ！」

「本当にわかってるの」

雷田の瞳に疑念が見える。

オバちゃんは「わかった」「わかった」を執拗《しつよう》に繰り返していたが、

「あ、れ」突如、表情筋を強張《こわば》らせる。

「できるやん！」爆発した。

「だって麻緒ちゃん、殺されとるやん！　犯人、電車に乗っとったってことやん！　どういうことやのどういうことやのどういうことやの！」

「大岩さん、落ち着いてください」

なだめながら、姫崎はディスプレイの麻緒を確認する。消化不良みたいな顔をしているので、彼女も完全には理解していなそうだ。こういう思考の巡らせ方は、判じ物のように向き不向きもあるので、もっと親切に話すべきだったかもしれない。

「今言っているのは、『この巻き戻しの中で』乗車するのは不可能だという話です。最初から乗車するのだったら問題ありません」

「最初から」

オバちゃんは目を閉じ、唇を一旦、固く閉じてからまた開く。

「最初から、っていうのはどの最初からやの」

「本当の、最初からです」姫崎はゆっくり言う。

「九百八十一回巻き戻された六月一日。その繰り返しが始まる前の、最初の六月一日です」


「皆さん、お笑いタレントのエンデヴァー高橋さんをご存じですね」

ディスプレイを眺め、姫崎は苦笑する。まさかこの名前が今回の事件にここまで関わってくるとは予想だにしなかった。

「高橋さんは元々、北神博士の研究室に在籍していた学生さんでした。プログラミング技術はかなりのもので、卒業後も博士から依頼を受けてお仕事をされていたとか」

姫崎の述べるプロフィールに、ディスプレイの舞原がしきりに頷いている。彼も覚えているほど、優秀な生徒だったのだろう。

「その高橋さんも、同じ日の夜行列車『いぶき』に乗車されていたのです。これは推測の域を出ませんが、犯人は当初、高橋さんを標的に『いぶき』に乗り込んだものと思われます。標的と言っても殺害目的ではなく、彼の持っていた情報を得る目的でしょうが、念のために凶器やガスは持参していたはずです」

「なるほど、最近は電車内もWi-Fiが完備されていますけど」烏丸が首を伸ばした。

「そういうWi-Fiはセキュリティー面で研究室のそれに劣《おと》るケースが結構、ありますからね。

同じ列車に乗り込めば、スパイウェアの類を送り込めたかもしれない。そこから伝染させて博士のパソコンに侵入できたかも」

「犯人が求める情報を手に入れたかどうかは分かりません」

姫崎はペットボトルで口を湿した。

「ここで重要なのは、高橋さんと蒼井さんの事務所が共同で所属タレントの移動用チケットなどを購入していた、という事実です。その縁で、蒼井さんと高橋さんは同じ列車を使っていた。結果、犯人は蒼井さんと同じ列車に乗り合わせる形となった……これは最初から、巻き戻しが始まる前の出来事です」

「ようやくわかったわ」

大岩は、満足気に頷いている。

「三十一日、二十二時の東京駅か、一日、五時の名古屋駅かは知らんけど、犯人は高橋さんから情報を盗むつもりで同じ『いぶき』に乗った。切符の関係で、同じ電車を麻緒ちゃんも使ってた。京都に来てから、犯人はラボに忍び込んで、オーロラのかけらを壊してしもうたせいで巻き戻しが始まった。それから巻き戻しがアホくらい繰り返されたせいで、原因を探らなアカンって博士が思うようになって、ウチらが呼びつけられた。ところがその中に、なんかのつながりで犯人も混ざってた。犯人は、巻き戻しがわかるようなやつらは邪魔やから始末せなアカンって考えて、そんなとき麻緒ちゃんが、『いぶき』に乗ってたって話してしもうたもんやから、ラッキーっ、てことで殺すことにしたんやな」

オバちゃんは餅《もち》つきのように、頭をしきりに上下させていた。

「わかったわかったわかった……って、アレ？　やっぱりわからへん」

「どっちなんだよ」雷田が呆れた風に目を泳がせる。

「いや、犯人が『いぶき』に乗ってたって話は納得してん。けど、それが何なん。そこから容疑者をどうやって減らしていくわけや？　名古屋駅とかで聞きこみでもさせるんか」

「そんな必要はありません」姫崎は否定する。

「犯人が、最初から『いぶき』に乗り込んでいた。これが最重要のピースなんです。この事実と、これまでに入手した情報を照らし合わせるだけで、犯人が明らかになります」

「そらすごい。私にはまださっぱりやけど……私だけ違うよな？　わかってへん人」

不安そうに大岩は視線を上下左右させた。同じように落ち着きのないのは麻緒と黒川で、他のメンバーは平静さを保っているため、理解できたのかどうかはわからない。

「それでは、答え合わせも最後の段階です」姫崎は声に力を込めた。

「くどいほど説明しますが、今回九百八十一回繰り返された巻き戻しで、遡《さかのぼ》ることができたのは朝の五時三十五分までです。それより前には戻れません。つまり、一回目の巻き戻しが発生する前から『いぶき』に乗り込んでいた犯人は、巻き戻しの直後、**毎回、常に『いぶき』の車内にいたことになります。**

『いぶき』は五時に名古屋駅を出発した後、七時半の近江長岡駅までノンストップです。言い換えると九百八十二回あった二〇一八年六月一日の、午前五時三十五分から七時半までの間、犯人は絶対に『いぶき』の車内にいたという意味になります……」

少し間が開いたが、理解度が怪しかった大岩・麻緒・黒川の三人も、無言で頷いた。

「逆に言えばです」

この部分が話の核となるため、姫崎は注意して言葉を選ぶ。

「**九百八十二回あった二〇一八年六月一日の中で、五時三十五分から七時半までの間、『いぶき』の車内にいなかったことを、たった一日だけでも証明できる人間は、犯人ではない、という結論になります**」

黒川がもぐもぐと口を動かした。

「ええと、ようするにや、犯人は、どの六月一日にも『いぶき』に乗っとったんやな？　そうしたら」大岩が眉を上げる。

「麻緒ちゃんが心配やて、私がタカオくん連れて、探偵さんと近江長岡駅まで行ったとき！　あのときも、『いぶき』の中に犯人はおったんやな！」

「当然、そういうことになります。あのときはまだ気づいていなかったので、車内を捜索しなかったのが悔やまれますが」

「ということは、や」ディスプレイのオバちゃんが身を浮かす。

「私、容疑者から外れるやん」

「仰る通りです」

姫崎は笑う。ようやく、手間のかかる説明から解放されそうだ。

「七時半になる前、間違いなく『いぶき』の外にいたことになる大岩さんは犯人ではありません。ついでに申し上げますと、一緒に駅へ急いでいたこの私、姫崎智弘も対象外となります」

「そしたら、駅で待ってた警視さんも犯人とは違う」

大岩は目を丸くして両手の指を折っている。

「すごい、一気に三人も抜けた」

「それでは、他のメンバーもこの条件にあてはめてみましょう」

姫崎はラストパートをかける。

「烏丸さんですが、各周回の五時五十五分から六時までの間、情報番組に出演するため、市内のテレビ局に入られていますね。黒川さんも同行されていたと確認が取れています。このアリバイは、犯人が近江長岡駅から『いぶき』に乗り込んだと思われていた時点では何の意味もないものでしたが、事実が判明した結果、意味のある証明になりました。走行する『いぶき』を離れてスタジオに来るなど不可能です。お二人も犯人ではありません」

黒川が深い息を吐いた。烏丸も目元を和らげる。

「これは困ったことになりました。容疑者は残り少ないというのに」

溜息をついたのは、舞原だった。

「五時三十五分から七時半の間、私にはアリバイがありません。九百七十九回目、八十回目、八十一回目、八十二回目のどの日もです」

「確かに、その時間、舞原さんの所在は確認できないようです。隠れ家に籠っておられた日もあったとか。ただし」

姫崎は一拍置いた。

「あなたは北神博士が最初に殺された九百八十回目の六月一日の朝七時四十五分に、ご友人と京都駅前の喫茶店で会っておられます。本当にくどいようですが、犯人はその周回でも七時半までは『いぶき』の車内にいたはずです。逆算すると、近江長岡駅から京都駅まで、どれだけ急いでも十五分で着くのは不可能ですから――」

舞原は胸を反らした。自分の中ですでに解答は得ていたが、姫崎に花をもたせてくれたのだろう。

沈黙。

「舞原さんも、容疑者からは除外されます」

騒がしかったオバちゃんも、今はおとなしい。答えは明らかになった。ここまで説明に苦心してきた姫崎に、告げる権利があると皆、内心で思っているのだろう。

「これで、一人を除いて容疑者の枠内から外れました」

犯人はネットを遮断するのではないか、と姫崎は予想していた。極端な行動に走らないよう、予め、犯人の自宅前には警備員を配備している。

しかしその人物は、焦りを表出させるでもなく、反論を試みる様子もなく、平然と画面に残っている。

「九マイナス八は一。単純な帰結です。この巻き戻しの中で、犯人は明確な証拠を残してはいない。残したとしても、遡りの中でゼロに還ってしまった。それでも、他の八人が犯人ではないと証明されてしまった以上、それが解答となります。残った一名に、私は問いかけざるを得ません」

そうして姫崎は、ディスプレイに映る少年に声をかけた。


「雷田亜利夫君、君が『時空犯』だね」


少年はまったくの無反応だった。ショックに固まった風でも、現実逃避で呆《ほう》けている体でもない。興味のないサッカーチームの試合結果を聞かされたように、友人ののろけ話でも聞き流すように、自分が犯人だと指摘されたことも、どうでもいい話題ととらえているようだった。

間延びした空間を埋めるように、姫崎は言葉を続けた。

「君は今、こう思っているのかもしれないな。あれだけ苦心したのに、あれだけ試行を重ね、あれだけ賢く動いたのに、なぜ今、追い詰められているのかと。確かに、倫理観抜きで評価した場合、君の振る舞いは見事なものだった。博士の研究に可能性を見出し、大胆にもラボに侵入して巻き戻し発生のきっかけを得た。時間遡行なんて夢のような技術を手に入れたんだ。増長、慢心して愚行に走る者がほとんどだろうに、君はそうしなかった。巻き戻しを認識できる人間が増える可能性を予想して、俺たちを排除するために様々な準備を積み上げ、ここぞというタイミングで実行に移した――時間遡行という武器を、君は完全に使いこなしたと自任していたはずだ。ところが陥穽は、その巻き戻し自体に含まれていた」

何か言いたいかと姫崎は言葉を切ったが、反論はなかった。

「時間遡行を支配する存在であるセン・ミウアートのお墨つきによって、対象者が九名に絞られたこと、巻き戻しの起点が列車の中だったことから生じた、通常の殺人事件ではあり得ない法則性――これらが君をからめとった。君は、時間遡行が関係しない殺人なら、しっぽをつかまれなかったかもしれない。だが時間遡行に関わったからこそ、万能と思われるその技術に頼ったからこそ、君は敗北した」

少年は何も言わない。

「ちょっと」見かねた大岩が口を挿む。

「ちょっとボク！　アンタやであんた、言われとるねん、自分が人殺しやて、大悪人やって！これアレやで、二時間サスペンスやと十時四十五分の崖《がけ》の上やで？　言うことあるやろ、違うとか、ごめんなさいとかあ！」

「うん」

少年は、「うん」と言った。

「うん、て」大岩は面食らったようだ。姫崎にも、少年の精神構造がわからない。

「言う通りだよ、探偵さんの。僕が盗み見た。僕が巻き戻した。僕が殺しまくった」

「認めるのか。自分がしでかしたことだと」合間が強い声を出した。

「認めます。僕の仕業です。ちなみに共犯はなし。まさか、こんなに早く判明するとは思いもしなかったけど……探偵さん、すごいよあなた」

少年は笑った。大抵の人間が大人になる前になくしてしまう、心からの称賛を示す笑顔だった。

「敗因は……べつに勝負をしてるつもりじゃなかったけど、探偵さんの言う通りだろうな。便利すぎるツールに溺《おぼ》れて、デメリットを軽視してしまった」

頭を左、右にこきこきと鳴らす。

「細かく言うと、巻き戻しを同じ六月一日に繰り返しすぎたってことかな……ただ、次の日でも巻き戻しを起こせるって確証がなかったから、そうするしかなかったんだよね。するとつまり、バレたのは当然の帰結ってことか」

「あなた、その態度はなんなの」

烏丸が声を張り上げた。

「殺したんでしょう？　ここにいる全員を。そのことについて、思うところはないの」

「僕は誰も殺しちゃあいない」

少年はけろりと言う。

「たとえばさ、僕が魔法の杖《つえ》を持ってるとするよね。一振りで死者を復活させる魔法の杖。僕が誰かの心臓を一突きする。誰かは倒れる。でも、魔法の杖がある。生き返らせたら、それで元通りでしょう。それを殺したって言える？」

「言い逃れだな。君は魔法の杖なんて、使うつもりはなかっただろう」

合間の声は厳しい。

「今、我々が生きているのは計画が失敗したからで、本来は私たちを皆殺しにするつもりだったはずだ」

「ああ、それは勘違い。そこの部分だけ、探偵さんは間違ってるよ。僕は最初から、全員を生き返らせるつもりだった。皆に一回ずつ——博士は二回だけど——死んでもらったのは、あきらめてもらうためだよ」

「あきらめてもらうというのは、犯人捜しをかい」

「全部を、だよ。時間を巻き戻す方法はわからない。犯人もわからない。下手なことをしたら皆殺しにされてしまう。だから犯人の気が済むまで、巻き戻しの中で我慢していよう……そんな風に受け入れてもらいたかった。ラボで皆に恐怖を植え付けた後で死んでもらってから、巻き戻し後にそういうメッセージを送るつもりでいたんだけど」

雷田はお手上げのポーズで首を横に振る。

「探偵さんがやり方に気づいたから、台なしになっちゃった」

「すまなかったね。よけいなことをして」

「何言ってるの。探偵さんは請け負った仕事を果たしただけじゃない。誇るべきだよ。自分の頭脳と、機転をさ」

褒めてもらった。

「僕は殺人犯じゃないし、人を傷つけて喜ぶサディストでもない。そこのところは理解しても
らいたいな。ああ、でも」

雷田は髪をいじる。

「ストレスとか、トラウマとか残しちゃったよね。そういう意味では、傷害罪に当たるのか
な。まあ、立件はできないだろうけど。一応、けじめはつけておくかなあ」

画面の中で、少年は後ろに下がって全身を見せた。それから深々と身をかがめる。

「ごめんなさい、皆さんに、怖い思いと、痛い思いをさせました」

「うわあ……」

麻緒が頬をひきつらせる。同様の表情を見せたのは烏丸と黒川。大岩は酸欠の金魚を真似て
いる。合間は無表情。舞原と博士は、共に喜色を浮かべていた。面白そうな論文を読むときに
しそうな顔だ。社会性のバロメーターみたいだな、と姫崎は考える。

「それで警視さん、お願いなんですけど」

少年は、お使いを頼むように手を合わせる。

「しばらく経っても、心の傷が癒《い》えない人がいたら、カウンセリングを手配してもらえますか」

「君は……」

合間の声が怒りに震えている。おそらく悪に対する怒りではない。世の中には、埋めようの

ない深い断絶が存在するという厳然たる事実。それに対する憤《いきどお》りだろう。

姫崎は実感する。この少年は、良心が欠落しているわけではない。目の前で皿を壊してしまったら素直に謝るだろう。問題は、少年の頭の中で今回の殺戮が、皿の破損と同程度らしいという点だ。あるいはこう思っているかもしれない。巻き戻しで消滅した殺人の罪は、壊れた皿より軽い、と。

「謝罪は結構ですよ」舞原がやわらかい声を挿し込んだ。

「良識だの、誠実だのはひとまず置きましょう。それよりも、君がここまでしなければならなかった理由を教えてもらえませんか。とても興味があります」

「それは、言えないです」

「アンタなあああああああ！」オバちゃんがぶち切れた。

「言えへんちゃうやろがあ！　これまで迷惑かけといて！　頭ぺこりで済ませられるわけないやろが！　せめてなんでこんなことしたか！　教ええやっ」

「言えない理由を言ったら、言ってるのと同じだから、言えない」

「ぬぐ、ぐおう、うおおおお」

「オバさん、落ち着いて」

奇声を上げ始めた大岩を、雷田は気遣う。

「血圧上がるよ？　まずいって。ぷちんといっちゃったら、もう巻き戻しはないんだからさ」

その、心からの労《いたわ》りがさらに火に油を注ぎ、大岩が次の爆発を起こそうとしたとき、

「私のためですか？」北神博士の声が響いた。

その瞬間、少年に生じた変化を、姫崎は見逃さなかった。他の面々も気づいただろう。投げかけた、たった一言が、少年を砕いた。

「あなたのためって」

少年のトーンが下がった。やや早口に変わる。

「何それどういう理屈？　間違ってるよ。自意識過剰だよ」

「いいえ」

博士の声は優しいが、微塵の反論も許さない圧だった。

「あなたは私のために繰り返したのですね。私のために、何回も人を殺めたのですね」

「勝手に、話を、すすめるなよ」少年は汗をかいている。

「一言、相談してもらえたらよかったのに」

首をかしげ、北神伊織は微笑んだ。

「でも、言っておきますね。ありがとう。あなたのしてくれたことは、決して無意味ではなかったわ」

「やめろよ……」

少年は震え始めた。脆い生き物のように、崩壊を抑えるように自分の身を抱いている。

「雷田亜利夫さん。あなたのおかげで、私は私の仕事を終わらせることができました」

少年の動揺が見えないかのように、博士は感謝の意を告げる。

「本当にありがとう。これで充分よ。私に必要な、あなたの仕事は終わりました」

「なんでそんなこと言うんだよ。やめろ。やめろ、やめろ……」

少年の眼から水が零れた。

「わ、きれい」

麻緒が呟いた。

姫崎も同じ感慨を抱く。大人になると、他人が泣くところを目にする機会は稀だ。それもあるのだろうが、少年の泣き顔は、これまで見たそれの中で最も美しかった。

「ちくしょう。なんで、そんな。おれは、あんたに……ちくしょう」

泣きじゃくる少年に、それ以上誰も言葉をかけない。

今のやりとりが、何を意味するのかわからない。だが、全員が理解していることだろう。

時を巻き戻し続けてまで果たしたかった少年の目論見は、水泡に帰したのだと。

最終章　彼らの時間

涙について考える。

雷田亜利夫の涙は、おそらく、私が彼の内部を占める重要な要素の一端に触れた結果だろう。

あの少年は、私に何かを求めていた。それは、あの早熟な知性をもってしても、言語化が難しい感情だったのかもしれない。あと一歩、私は彼の方へ踏み入り、彼の心の内を汲んであげるべきだったろうか？

いいや、その必要はなかったと断言したい。

なぜなら、彼の本質は、私と同じ研究者だったからだ。研究者は孤独を宿命づけられている。たとえ大勢の後援者や弟子に囲まれていたとしても、太陽系の外を目指して旅を続ける探査機のように、心は無限をたゆたっている。そうあるべきなのだ。

共感は要らない。援助ならありがたく頂戴するが、同情も必要ない。舞原和史も、雷田亜利夫も、私にとって、本当の意味で魂の底から重要な存在にはなり得なかった。

薄情な話だが、科学者とは、そういう生き物なのだ。やはり科学には、本質的に悪が潜んでいるのかもしれない。

科学者は、事象を理解するために生きている。理解とは、対象のすべてを明らかにすることだ。あるいは、対象のすべてを見通せないと前向きに絶望することだ。その営みは、破壊に似通っている。薄情でなかったら、なにも壊せない。

対象の意味をつかんだとき、あるいは絶対につかめないと知ったとき、研究者の心には一抹の寂しさも訪れる。だがその寂しさこそが、私にとっては至上の喜びだ。

名探偵からセン・ミウアートを名乗る「知性体」の言葉を聞いたとき、私の胸中に同種の寂しさが発生した。知性体のふるまいは、私の予想と、おおむね合致していたからだ。

数十年の時を経て、私は「それ」を理解したのだ。

ささやかな満足を覚えた後、研究者は次の探究へと歩み続ける。

さあ、今度はなにを明らかにしようか？


時は本来の流れを取り戻した。

十二月の下旬。告別式に参列するため、比叡山《ひえいざん》のふもとに出かけていた姫崎は、コートを着込んでこなかったことを後悔した。京都の冬は積雪こそ少ないものの、盆地特有の底冷えが身に染みる。

葬儀が行われている目的の寺に到着すると、すでに弔問客が山門に列を成していた。少なく見積もっても五百人はいるだろう。意外だった。故人は人付き合いを好まない性格だろうと思い込んでいたからだ。

受付を済ませ、列に加わった。山門の内側にスピーカーがあり、喪主の弔辞が聞こえてくる。ここまで大がかりな葬儀だとは予想していなかった。

司会者が弔電を読み上げている。きれいなアクセントだ。最近、睡眠不足のため、眠りに誘われてしまう。

知った名前が読み上げられたため、意識が返ってくる。黒川志朗、烏丸芳乃、そして蒼井麻緒。

今日は日曜だというのに、芸能関係は忙しいのだろうな、と姫崎は同情する。

読経が始まった。人一人の死というものが、こんなにも厳粛な出来事であったことを姫崎は思い知る。半年前、紙切れを刻むようにたやすく人が殺され、簡単に甦った事例を知ったため。どこか感覚が麻痺していたらしい。しかし本来、死とはこういうものだ。死そのものを目にするのは臨終に立ち会ったごく親しい数人のみ。残りの人々は、この寺院のような荘厳さを借りて、誰かが永遠にいなくなったという事実を心に刷り込むのだ。

親族の焼香が終わり、参列者の順番になった。ゆっくりと列が進む。列の中に知人は見当たらなかった。大岩あたりと出くわすかもしれないと思っていたのだが。

祭壇で手を会わせる。この国で毎日三千人というペースで失われる命の中で、故人は例外中の例外とも言える存在だ。なにしろ七ヵ月の間に、三回も命を失ったのだから。

そのうち二回分の死は、巻き戻しにより帳消しになった。しかし三回目の死は、逃れようのないものだった。

――最後の死の中で、あなたは何を思われていたんですか。

心の中で故人に訊いたが、もちろん答えは返ってこない。遺影の北神博士は無作法な質問を受け流すかのようにやわらかく微笑んでいた。


「予想外でした。こんなに弔問客がいらっしゃるとは……」

山門の外。ベンチに腰掛け、参列者に振る舞われた番茶で身を温めていると、会場から出てきた舞原に声をかけられた。話題は参列者の多さになる。

「偏屈な学者なら、もっと侘《わび》しいものだと思っておられましたかな」

舞原が笑った。周辺のベンチでは同じように弔問客のグループが集まって時間を潰している。これから出棺だが、葬儀会社の都合で半時間ほど待たされるらしい。

「いえ、そういう意味合いでは」姫崎は弁解するが、ようするにそういう意味だったので、話題を逸《そ》らす。

「博士はお子さんはいらっしゃらないとの話でしたよね」

「生涯独身でした」舞原は山並みを眺める。「今日の喪主は、遠縁の方です。突然喪主など押し付けられてご災難な話ですが、まあ、我慢してもらいましょう。博士の財産はちょっとしたものですので」

「親族が大勢いらっしゃるというわけでもなさそうですね」

「そうですね。この人数は、私も予想外でした」

老紳士は手を広げた。

「芳名帳を見せてもらったのですが、驚きでした。大半が、博士と面識もないか、学会などで二言三言声を交わした程度の面々です」

学究の世界に明るいわけでもない姫崎だが、珍しい事態であることは分かる。学者という人種は、義理や付き合いで葬式に顔をだすことは少ないように思われた。

「個人的な付き合いや、政治的な恩義があるわけではない。ただ、学会誌や研究会、ネット上で公開されている博士の研究を知って、敬意を抱いていた。そういう面々が集まったということです」

「それは……すごいですね」姫崎は本気で感心していた。

「学者として、いや、何らかの仕事に従事してきた者にとって、これ以上ない名誉でしょうな。私なんかは、この十分の一も集まってくれるかどうか」

舞原は自嘲する。博士がこの状況を見ていたらどう反応するだろうか、と姫崎は想像した。誇るか、困惑するか。曖昧な笑みを浮かべるだけだろうか。

「舞原さんは」姫崎は訊いてしまう。「ご存じだったのですね。博士のご病気のことを」

「どうしてそう思われるのです」

「最初に博士が殺されたとき、舞原さんは確かに動揺されていましたが、立ち直りが早いようにも見えました。博士の死に関して、達観されていた、という印象でしたね。あとで振り返ると、そういうことだったのか、と」

「確かに知っていました。教えてもらったのは今年に入ってからです。全身に腫瘍が転移していて、年をまたぐのは難しいと言われたとのことで。健康診断はわりとこまめに受けていたらしいのですが……見落としがあったようですね」

舞原は無念そうだ。

「時間遡行以外にも、魅力的な研究をいくつも抱えていたのですが、中途で終わってしまった。誰か、引き継いでくれるといいのですが」

ふいに周辺が騒がしくなったので振り向くと、老人二人が言い争っていた。どちらも北神博士より一回りは年長に見える。それぞれ手元には書類の束《たば》を抱えている。どうやら論文の内容について白熱しているようだ。

「まったく、学者先生方は場所もわきまえない」

舞原が小声で言った。非難する語勢ではなく、嬉しそうだ。

「博士も話していましたよ。ひとたび魅力的な題材を見つけたら、イノシシのように一直線、周りが見えなくなってしまう場合もある、とね。厄介なことに、この仕事には本当の意味での定年がありません。退職して給料が支払われなくなっても、知識欲、研究欲に満腹はないんです。大学図書館へ行けばね、八十代、九十代の歩行もおぼつかないご老人方が、ふうふう息をきらしながら書物の山と格闘を続ける光景がそこらじゅうで見られますよ。思っていたのですけどね、博士も、そうなるに違いないと」

「そのためだったんですね」

議論が落ち着いたのか、クールダウンしたらしい老人たちから姫崎は視線を離す。

「雷田君が、時間を巻き戻し続けたのは」

「おそらくは」

舞原は瞑目する。「あの少年も、北神博士を高く評価していた一人だった。学術機関には所属していないようですが、彼の本質は研究者だったに違いありません。あの才能が失われることを我慢できなかったのでしょう。何もかも元通りになってしまうという現象は、大抵の社会人にとっては迷惑な話です。ですが、思考が本質である者にとっては意義がある。パソコンなんかに記録は残せないかもしれない。それでも半永久的に六月一日が繰り返されるのであれば、思う存分、考え続けることができる……若い向こう見ずさから、彼はそう思い立ったのでしょう。痛みや治療薬の影響で思考に翳りが差す前に、そうしてあげるべきだと」

少年の涙を、姫崎は思い出していた。彼は、博士を殺してでも生き続けてほしいと願ったのだ。歪《いびつ》な発想かもしれない。博士が頼んだわけでもないだろうし、研究によっては実験結果を待つ必要があるだろうから、同じ日の繰り返しでは妨害されてしまう可能性もあるはずだ。それでも、雷田を愚かと笑うのは難しかった。

「すべてが失われたわけではありません。博士の思考は、オーロラのかけらを通してコピーされ、セン・ミウアートの一部になっているはずだ」

「我々の頭の中も、コピーされているということになりますな。雷田君のコピーも……博士のコピーと一緒に在るわけだ」

舞原はこめかみを指先でかきまぜる。

「しかし、そのセン・ミウアートも、この世界から離れてしまった……」

「もしもの話ですが、舞原さんが先に巻き戻しの方法を知る立場になったなら」

姫崎は重ねて訊いてしまう。

「されましたか。雷田君と同じことを」

舞原は笑顔を見せて眉間にしわをつくり、首を横に振った。現役時代、厄介な質問を受け流したときの仕草だ。

「しなかったでしょうな。さっきも言いましたが、私には雷田君のような若さがない……いいや」

老紳士は、慈しむように自分の掌を眺めていた。

「たとえ少年の時分であっても、できなかったに違いありません。私はモラルを飛び越えられない。私のいる場所は、彼女から見て常に外側でした」

「そういえば姫崎さん、蒼井さんとのご関係はどうなりました？」

問われて、姫崎は苦笑いする。今度は自分が答えにくい質問をされる側になった。

「進展は、なしなんです」

「それはいけませんな。ご当人同士の話とはいえ、彼女を復活させるために尽力した一人としては、気になるところです」

「あれから彼女が忙しくなってしまって」

姫崎は言い訳をする。

「ろくに会う機会もなくなってしまったんです。けど今週中に会える目途はついています。その日に決着をつけるつもりです」

「決着とは、ずいぶん潤《うるお》いのない表現ですな」

舞原は肩をすくめた。

「色々事情があるもので。上手くいくにせよいかないにせよ、彼女に、気持ちを整理する時間を与えたいんです。そんな風に待っていたら、今になってしまいました」

山門から、読経中に見かけた博士の親族らしき人物が歩いてきた。こちらを窺っているので、舞原に用があるらしい。

「失礼。時間がとれないのは、私もおなじですね」

もう一度肩をすくめ、舞原はベンチから立ち上がる。

「またお会いしましょう。そのときには、吉報をいただけると信じておりますよ」

まだ霊柩車《れいきゅうしゃ》が到着していないようだ。手もちぶさたになった姫崎は、山門の脇にある石段を登ってみることにした。この先に展望台があるらしい。出棺が始まったら、そこからでも見て取れるだろう。

数十段を登りきると、丁寧に樹が伐採された展望台に着いた。崖下の山門が見下ろせる位置にある。展望台にはつきものの望遠鏡も設置されていた。

望遠鏡を覗いていた人物がこちらを振り返った。

「や、探偵さん。待ってたよ」

少年が手を上げる。

「……意外だな。君も博士を見送りに来たのか」

「中には入らないけどね」

そう言いながら、雷田は喪服をまとっている。

「なんとなく、僕には資格がないと思ってる。ここで見るだけにしておくよ。でも、今日のメインは探偵さんの方。あんた律儀な人っぽいから、会えると思ってたよ。ここに来たら」

「俺に、何の用かな」

まさか仕返しに刺されるとは思っていないが、一応警戒する。

「答え合わせしてあげようと思ってさ。この前は、みっともないだけで終わっちゃったから。僕をあぶりだしたのは探偵さんだからね。全部確認する権利があると思った」

喪服のネクタイを、少年は窮屈そうにいじる。

「とはいっても、大体調べはついてるんだろうけどね。ただ、勘違いしているかもしれないから言っておく。僕はあの人の隠し子とか、隠し孫とか、そういうのじゃないから。社会的にはほとんど無関係だ」

それはおそらくそうだろうと考えていた。

「僕は、ネットで博士の論文を読んで、あの人を尊敬するようになった。小学生のころからネットをいじっているうちに芽生《めば》えた情報工学についての疑問が、あの人の研究にはことごとく反映されていた。僕にとって北神博士は、自分のはるか先を走る途方もない光だった。いつか、追いつきたいと思った。認められたいと思った……だから仕事を依頼されたときは、本当にうれしかったよ。だけど出来心で、スパイウェアを放り込んでしまった」

「それで彼女の病状を知ったんだな」

「日記がね、つけてあったんだ。衝撃だったよ。もう、追い越す機会がなくなってしまうんだから」

少年は無表情で言う。

「同時に、時間遡行に関する研究も読んだ。最初は余命いくばくもなくなった脳みその妄想だと思ったけど、組み立ては説得力のあるものだった。それで、オーロラのかけらってやつをいじってみたくなった。あのラボにあることは盗み見できたけど、パスワードとかはわからなかったんで、交流のあるらしいエンデヴァーさんに狙いをつけたんだ。わざわざ同じ列車に乗って、Wi-Fi の隙間からハッキングしようとしたけど上手くいかなくてさ、焦った挙句、プレハブ解体用の工具みたいなやつを用意して、ラボに押し入った」

「そこで金庫を強引に開けようとして、オーロラのかけらを壊してしまったというわけだな」

少年の語った話は、姫崎の推測と大方合致していた。とはいえ、本人の口から教えてもらうことで、正しく情報を分析できていたのだという満足を得られる。

「で、巻き戻しを繰り返したんだけどね。僕はさ、十回くらい巻き戻しが済んでも博士が何のアプローチも開始しなかった時点で、あの人もあの状況を受け入れてくれたんだと勘違いしちゃったんだよね。だから九百八十回近くなった段階でようやく腰を上げたことには、正直、驚いた。それから後は、探偵さんも知ってる通りだよ。博士は巻き戻しを終わらせたがっていたけど、僕はあの脳みそにまだまだ生き続けてもらいたかった。だから博士を殺す。博士に依頼された全員も殺す。状況に合わせて、僕の正体と巻き戻しのやり方は伏せた上で、全員に協力を仰ぐことも考えていたんだけど」

雷田は右手を姫崎の方へ伸ばす。

「探偵さんに敗北。最初からわかってたことだけど、僕は自分の都合しか考えてなかった。無《ぶ》様《ざま》、不格好、無意味」

「敗北宣言と反省の弁。それだけのために来てくれたのか？」

姫崎には納得できなかった。この少年は、そこまで殊勝《しゅしょう》なキャラクターではない。

「まあ、じつは、今回の件で、探偵さんの意見を聞かせてもらいたいところがあって――」

言いかけて、少年は振動音が響いた上着のポケットをまさぐる。スマホを眺めて目を丸くする。

「やばい。忘れてたよ。今からキクナ・マトイのミニライブがあるんだった」

地べたにハンカチを敷き、上にスマホを載せる。画面の中で、例の扮装《ふんそう》をした黒川が前口上を開始していた。

「探偵さん、ごめん。ライブ終わるまで十分ほど待っててくれる？」

「…………」

この少年、やはりよくわからない。

キクナ・マトイの歌が始まった。少年はスマホを真剣な目で見つめている。やがて喪服姿で、画面の振り付けを真似し始めた。

「……なあ、雷田くん」

「何？」

姫崎と目も合わさない。

「九百八十回目の夕方なんだが、君はキクナ・マトイのライブを観に太陽が丘にいたよな」

「その回だけじゃない。ラボにいた九百八十一回目以外は、ずっと観に行ってたよ？」

「そうなのか？　君があそこにいた目的は、キクナ・マトイの人気を確かめて、麻緒と烏丸さん、どちらの殺害を優先するべきか判断するためと思ってたんだが……」

「そこまで考えてない。観に行きたくて、行っただけ」

少年は画面に合わせてジャンプする。

「しかし君は、尊敬する北神博士を生かし続けるために、必死だったろう」

「必死だったよ？」

ようやく少年は、振り向いて姫崎を見た。

「博士のために、邪魔者を始末するために色々苦心していた。その間に、キクナ・マトイも好きだからライブに行った。何か問題ある？」

「……いや」

確かに、論理的には問題がない。問題はないのだが。

「邪魔して悪かった。ライブに集中してくれ」

ジャスト十分でライブは終わった。霊柩車はまだ到着していない。画面に合わせて踊り続けていた雷田は、さすがに疲れたのか、息を切らして座り込んでいる。

なんだかんだで、姫崎もライブ後半は見入ってしまった。

「黒川さんも烏丸さんも、元気そうで何よりだ」

太陽が丘で間近に感じた熱狂を、姫崎は思い出す。

「セットとか演出とか、あんまり変わってないんだな。ずっとこのままで通すんだろうか」

「そうでもないよ」

砂を払い、雷田は立ち上がる。

「前よりライブの売り上げが上がってるらしくってさ。半年前より豪華になった」

「どこも変わってないように見えるんだが」

「気づかなかった？」雷田は憐れむように笑う。

「一台、増えてたじゃん。トラクターが」

……他にお金をかけるべきではないだろうか。

「ごめん、途中だったね話」切り替えが早い。「探偵さんの意見を聞きたいことがある。北神博士について。北神博士が何を考えていたかについて」

少年は踵《かかと》をかつかつと地面に押し付ける。

「探偵さん、ジャムの話、覚えてる？　前に話した、博士から精査を依頼された演算システムの話」

「ジャムの塊が空から降ってきた後の状況をシミュレートするとか、そういう話だったよな」

かろうじて、姫崎は記憶していた。最初に博士が殺害された際、雷田から合間に説明していた話だ。

「謎だったんだ。あの件だけ。あのプログラムは今回の時間巻き戻しのシミュレーションや、博士が手掛けていた他の研究とも重なる部分がない。なんだか気になって、この半年、暇をみてプログラムをいじっていたら、見つけたんだ」

「見つけた？」

「スパイウェア。プログラムの中に紛れ込んでた。あまりに自然な埋め込み方だったから、別のハッカーの仕業じゃない。あれは、博士が作成したスパイウェアだ」

「待ってくれ。スパイしていたのは、君の方だよな。以前から君は、博士のネットワーク情報を窃視していた――」

「見抜かれていたかもしれない。博士に」

少年の瞳が翳る。

「僕が博士のパソコンをハッキングし始めたのは、ジャムのプログラムより前の話だ。その後で、お返しみたいに博士からスパイウェアが送り込まれた。僕が盗み見していることが、スパイウェアを通じて丸わかりだった可能性は高い」

少年は姫崎に接近した。

「ひょっとして僕は――博士に操作されていたんだろうか」


「何をどう、操作されたって考えるんだ」

姫崎も予想はしていた。少年が、そのような想像にたどりつくことを。雷田が再び自分の前に現れるなら、そのときではないかと考えていた。

「何もかも、操られていたとまでは思わない。ただ、僕が巻き戻しを繰り返すことを、博士は期待していたんじゃないだろうか。だから繰り返しが千回近くになるまで、僕を探そうとはしなかった」

「そう思う、根拠は？」

「あんたが教えてくれた、セン・ミウアートの実態と、博士の予想が一致していた点」

雷田は淀《よど》みなく答える。

「異空間そのものが意識を持ったような存在だったセン・ミウアートは、誕生したときからずっと一人だった。だからこちら側の世界に自分以外の誰かが存在することは理解できても、『誰か』が複数存在することを理解できなかった。セン・ミウアートにとって、一つの世界とは一つの意思で統一された存在であるはずなのに、こちら側の世界はそうではないように映った。こちらの世界から影響を受けて自身が変質してしまうのではないかと危惧したミウアートは、最終的にこちら側とのつながりを絶った。僕が執拗に繰り返したオーロラのかけらを破壊する行為が、その決断をする最後の要因になったという話だったよね」

「すくなくとも、ミウアートはそう語っていた」

「これは開き直りでも自己弁護でもなんでもないんだけど、僕の行動の結果、ミウアートはこちら側の世界から手を引いたって意味だよね？　博士はミウアートの本質を理解していた。僕が皆を殺すときにつかったあのガス、あのガスを大波博士から北神博士が引き継いだ理由は、ミウアートの思考形態を研究するためだった。博士は、ミウアートがどういう状況になったらこちらと関わりを絶つかを予想していたんじゃないか？　僕が巻き戻しを始めたとき、博士は巻き戻しの方法を把握していなかったかもしれないけれど、僕を泳がせておくことで、ミウアートさえも操作しようと考えていたんじゃないかな。途中で探偵さんたちを集めたのも、ミウアートが理解できない対立状態を作り出すためだった」

少年は姫崎の目を覗き込んでくる。

「まとめると、博士はセン・ミウアートの影響をこちら側の世界から排除したかった。そのために僕を利用した。この想像、どう思う？　探偵さんは」

「残念ながら、君の想像を論理的に組み立てられるような材料がない」

姫崎は正直に答えた。

「ただ、君の疑念を裏付けるような言葉を、俺は博士から聞いた」

あの邂逅の後、姫崎は博士に訊ねた。


（ミウアートはこちら側との断絶を宣言しました。人類の発展という観点からすると、もう少しこちらとの接触を続けてくれるよう頼んだ方がよかったのでは）

（それはそれで有意義かもしれませんが、危険も伴います。相手はこちら側のあらゆる事象を自在に調整できるような力の持ち主なのですからね。たとえ善意であれ、その力を借り受けることは途方もないマイナスを得る結果につながるかもしれません。あちらが放っておいてくれるのなら、それにこしたことはありません。対面したのが私であっても、同じように対応したでしょう）

意外な見解だった。どちらかといえば北神博士は、多少の犠牲を払っても人類が新しいステージに上がる可能性を優先するような人格だろうと見なしていたのだが。

（ああ、本当に爽快です。まるで、長年残っていた夏休みの宿題を片付けたみたい）

「博士の言葉に、俺は違和感を覚えた。巻き戻しのメカニズムを解明することが、博士の研究における至上命題だと思っていた。しかし博士の言う『夏休みの宿題』は『こちらの世界へのセン・ミウアートの干渉を排除すること』だったとも解釈できる」

「それほとんど、白状しているみたいな発言だな」

雷田は感心しているようだ。

「だが、推測の材料にしかならない」姫崎は頭を振った。

「そうも考えられるな、というレベルだよ。博士の告白文でも出てこない限り、真相はわからないだろうな」

姫崎が崖下を見ると、山門に霊柩車が到着していた。そろそろ行かなければならない。

「もし間違いないと判ったら、どうする？　ある意味、君は博士の掌で転がされていたことになる。怒るか？」

「そうだな」少年は空を見上げた。

「怒らない。ただ寂しいな」

「さびしい？」

「僕は博士と勝負したかった。博士と並び、追い越したかった。なのに」

空に博士がいるはずもないと考えたのか、うつむいた。

「博士は長い間、異世界の知性体のことばかり意識していたってことになる。理論だけで、実在も確認できない存在を想像して、そいつに影響を与える方法ばかり模索していた。僕なんかと勝負してくれるレベルじゃなかったってわけだろ。三角関係じゃないけど、それは、寂しい。負けるより、ずっと」

「まだ、釈然としない点がある」

少年が感傷から醒《さ》めるのを待って、姫崎は言葉を継いだ。

「結局、二番目の被害者に麻緒を選んだのはどうしてなんだ？」

「あー、それも訊かれちゃうか」

嘆息が返ってきた。

「あれはね、実験なんだよ」

少年は軽い調子で答えた。

「思い付いたんだ。彼女に死の恐怖と苦痛を与える。そうすることで、知性体に特別な刺激を与えられるんじゃないかって期待した」

「……彼女を選んだ理由にはなっていない」

昂《たか》ぶりを抑えながら、姫崎は指摘する。

「異空間につながる状態になっていたのは麻緒だけじゃなかっただろう？　他のメンバーだって対象になったはずだ」

「探偵さん。蒼井さんが大波博士の研究に参加してたのは知ってるんだよね」

「子供のころ、頭を負傷して相貌失認になった。治るまでモニタリングされてたって話だろう？」

少年の意図がわからない。

「探偵さんは『向こう側』に行ったんだよね？　セン・ミウアートの領域に。その世界は、こちら側の時間の流れとは独立して存在している。だからこそ、こちらの過去や未来にも干渉することが可能だ。でもそれは、お互いさまだよね？」

「……すまない。もう一段、難易度を下げてくれないか」

「つまりね。セン・ミウアートがこちらの情報を吸い上げて育った存在だとしたら、その精神構造には、中心になった核が存在するかもしれない」

少年は人差し指を回転させる。

「その核となる最初の構造……大本のデータは、かならずしも、こちらの歴史で初期の段階に発生したものとは限らないよね。たとえば僕たちの時代に発生したデータが、あちらの世界に伝わって、そこからセン・ミウアートが生まれたとも考えられる。そしてセン・ミウアートは、相貌失認を思わせるような感受性の持ち主だった。だとすれば、ミウアートの基本構造になっているのは、相貌失認患者のデータなんじゃないだろうか？」

「君は、こう言いたいのか……」

身震いを抑えながら、探偵は要約する。

「幼少期の麻緒のデータが、セン・ミウアートの幼体だったかもしれない、と？」

「今となっては、確認するすべはない。蒼井さんが唯一の該当者とも言えないわけだし」

少年は両手を上げる。

「あっちへ行ったとき、探偵さんに質問してもらったらよかったかな？　でもあんな状況、さすがの僕も予想できなかったよ」

「訊いたところで、あっちが答えられたとも限らないな」

姫崎は少年を見据える。

「この話、麻緒には……」

「言うわけないし、これからもそんなつもりはないよ」

少年は屈託のない笑顔を見せた。

「検証不可能な、ホラ話同然の推論なんだからさ。彼女を狙ったことで、なにか変化が起きてたら別だけど」

悪戯っぽい表情で、少年は距離を詰め、姫崎の胸を叩いた。

「でもまあ、なかなか夢のある話じゃない？　自分の彼女が、神様の卵だったかもしれないってのはさ」

姫崎は曖昧に口を歪める。まだ、彼女じゃないけどな……。


「君はこれからどうするつもりなんだ」

問われた少年は、掌で頭を触った。

「カウンセリングとか、そういうプログラムを受けるかもしれない。合間警視に勧められているんだ」

意外な答えだった。

「僕のこの髪の毛だけど」

指先で金髪をかき上げる。

「生まれつきこの色なんだ。両親ともに黒髪なんだけど、ごく稀に発生するらしいんだよね。子供のころは、ずいぶんいじめられた。海外にいけば大丈夫かもってホームステイしたこともあったけど、向こうからみても僕は異物だった。だから別の世界を探したんだ。ネットワークとプログラムの世界なら、僕を嘲《あざけ》るくだらない連中を支配できるかもって」

自分語りが照れ臭いのか、少年はしきりに頭を掻く。

「けど、視野が狭かったかもって。初めて僕よりすごい人だと思った北神博士は、広い分野とつながりを持っていた。舞原さんみたいな強い味方も傍《そば》にいた。同じようになりたいなら、自分と社会の関わりを見つめ直すのも一つのやり方かもしれないって、少しだけ思うんだ」

別に、自分のことを頭がおかしいとは言わないけどね、と少年はもう一度髪をかき上げる。

眼下の山門に、参列者が集まり始めた。あと、十分で出棺です、とアナウンスも聞こえる。

「じゃあ、僕はこれで帰るよ」

「せっかく来たんだ。見送りくらいしてもいいんじゃないか」

「言ったろ。僕には資格がないって――」

どたどたと、石段をかけ上がる音がした。

「あーっ、やっぱりボクやないかっ！　来とったんやなあっ、けどアンタ、お焼香しとらんやろ！　私見てたんやで、入り口で見張ってたんやでっ、はよう来なさい、お焼香、まだ受付してくれるでっ！」

オバちゃんはものすごい勢いで雷田の手をつかみ、引っ張っていこうとする。

「痛いな！」

少年は手を剝がそうとするが、オバちゃんという生き物には、並外れた膂力《りょりょく》が備わっているものだ。

「なんで来《こ》うへんねん、喪服着とるやないかっ」

「資格がないんだよ！　なんとなく、僕にはそんな資格がないんだよっ」

「はーん、なーんやそれ！　ハードボイルドっちゅうやつか！　だっさ！　知らんわそんなん！　早《はよ》う来い！」

大岩の手が一瞬、離れたかと思うと、今度は少年の耳を引っ張っていた。

「痛い痛い痛い痛い！」

「……もうあきらめて、おとなしくお別れに行きなさい」

慈愛を込めて、姫崎は少年を諭《さと》す。

「あ、探偵さん、お久しぶり。さっき見かけたんやけど、話できんとごめん」

大岩が手をあげる。いやな予感がした。

「ところで探偵さん、麻緒ちゃんとはどうなったん？」

……自分に矛先が向くと嫌なので、姫崎は無難な回答を探す。

「最近忙しくて会えてないんですけど、今週中に勝負するつもりです」

「そーかあ、はよせなアカンで？　チケット、前にあげたあのチケットな。今年いっぱいが期限やからな。いっぱい使ってな、チケット！」

オバちゃんは雷田をずるずると引っ張っていく。

「なんだ探偵さん、まだケリをつけてなかったの」

もう観念したのか引っ張られるままになっていた雷田が、呆れた顔でこちらに向き直った。

「さっさと告白しなよ。上手くいかなくても大丈夫。僕に頼んでくれたらいい」

瞳を刀のように細め、少年は妖《あや》しく笑った。

「もう一度、時間を巻き戻してあげるからさ」

姫崎は苦笑する。これまで耳にした中で、最も趣味の悪い冗談だ。


猛烈に寒かった十二月の京都。仕事で訪れた雑居ビルの裏口で、姫崎は一人の少女に出会った。

あれから十数年が経ち、少女は大人になった。彼女が待ち合わせに選んだのは、あのときと同じ場所だった。

（ずいぶん、こぎれいな建物になったなあ）

ビルに近づいた姫崎は、時の流れによる移り変わりを思い知る。当時のビルはすでに解体されている。代わりに建ったのは、公共の複合施設だ。一階が図書館、二階が市の出張所、三階が民間委託のカフェテラス。古都のイメージを損ねない琥珀《こはく》色の外壁には、以前の建物のようにうるさい室外機は見当たらない。目につかない位置に収納されているか、新しいタイプの空調システムなのだろう。この辺りは古都の建築条例も適用されない区域なので、かっては統一感を無視して建物が乱立していたものだが、今ではすっかりおとなしい街並みになった。

(こうやって、除外されていくのかな。わけのわからないものも、わけのわからない人間も)

どちらかといえば、わけのわからない寄りと自覚している姫崎は、弱気になってしまう。

エントランスに入る前に、メールを確認する。

発信者：合間由規
件名：頑張れ
本文：今日は蒼井さんと会う予定だと聞いている。健闘を祈る。

「おせっかいにも程がある……」

こぼしつつ、姫崎はお礼を返信した。

エントランスに入ると傘立てや市の広告を掲示するスペースがあり、正面奥に図書館の入り口がある。入り口右の壁面に自販機があり、左の壁面にソファーが並んでいる。

美しい人が眠っていた。

壁にもたれかかっている。長い髪が空調に揺れて波さながらだ。有名人のくせに、相変わらず無防備だ。仕事で疲れているのだろう。

「死ぬのか?」

労りを込めて、姫崎は声をかけた。自販機から出てきたばかりのココアを頰に押し付ける。

「もうっ」

麻緒はぱちりと目を開いた。

「ワンパターンなんだから……もっとこう、別のはないんですかー」

「好きだったろ。ココア」

「違いますよ」

麻緒は笑いながら首をふる。

「ここで姫崎さんがくれたから、好きになったんですよ」

「そうだっけか」

「シチューも大好きですよ。お久しぶりです、姫崎さん」

「ああ、久しぶり」

半年以上会っていない。「伸ばしたんだな、髪」

「伸ばしてないです」麻緒は唇を尖らせる。

「後ろでまとめてないだけで、いつもこの長さです」

「すまん。昔はほとんどポニーテールだったから、わからなかった」

「そんなことないです。昔も三日に一度くらいは結ばずに下ろしてましたよ」

地雷を踏んだ、かもしれない。

「姫崎さん……そういうところ、ありますよねえ」

「スマン。ごめんなさい」

「許してあげます」麻緒はからりと笑顔に変わった。

「これからどうします。お話って、カフェでいいですか」

「じっくりと話をしたい。事務所に来てくれないか」

「いいんですか？」目を輝かせ、しゃきんと背を伸ばした。

「あ、でもどうしよう……今持ってないんですけど、大岩さんのチケット」

「気が早い！」

姫崎は変な角度に足を曲げそうになった。

「話をするだけだ……大体、事務所ならチケットは使わないだろ」

「姫崎さんのエッチ」

「そっちが言い出したんだろーが」

足早にエントランスを出る姫崎に、麻緒も付いてくる。

こうやって、他愛ない話ができるのも、これが最後かもしれない、と姫崎は考える。

これから自分は、彼女に重荷を背負わせようとしているのだ。知らずにいた方が幸せだったかもしれない事実。それを投げかける。彼女は強い人だ。それでも耐えられるかは分からない。壊れてしまうかもしれない。世界が裏返って見えるかもしれない。引き換えに姫崎が渡してやれるものなど、たかがしれている。

それでも、自分は決めたのだ。身勝手かもしれないが決意したのだ。彼女にすべてを告げる。その結果彼女がどうなろうと、もう、突き放すつもりはない。歪んだ在り方になったとしても、寄り添い続けることを決めたのだ。

事務所への帰り道を、姫崎は歩く。傍らに、麻緒がいる。

姫崎は展望台で少年が口にした言葉を思い出していた。

——上手くいかなくても大丈夫。僕に頼んでくれたらいい。

——もう一度、時間を巻き戻してあげるからさ。

冗談だと笑った。セン・ミウアートはすでにこの世界を切り離したのだから、もう巻き戻しは発生しないはずだ。

しかし、と姫崎は思い直す。発生しないことになったのは、セン・ミウアート由来の巻き戻しだけだ。時間を巻き戻す手段が、それだけとは限らない。少年が、別の方法を手に入れたという可能性はゼロではない。

それでも、同じことだ、と姫崎は払いのける。同じことを訊かれたら、胸を張って答えるつもりだ。

たとえ何が起ころうとも、何が訪れようとも。

俺たちにはもう、時間を巻き戻す必要はない。

装画＝ jyari
装幀＝川名潤

潮谷 験

（しおたに　けん）

1978年京都府生まれ。2020年、第63回メフィスト賞を受賞。
デビュー作『スイッチ　悪意の実験』が発売後即重版に。今作が２作目。

※この物語はフィクションです。
実在するいかなる個人、団体、場所等とも一切関係ありません。

時《じ》空《くう》犯《はん》

２０２１年８月17日　第一刷発行

著者　潮谷《しおたに》　験《けん》

発行者　鈴木章一

発行所　株式会社講談社
〒１１２-８００１　東京都文京区音羽２-12-21
電話　出版　０３-５３９５-３５０６
　　　販売　０３-５３９５-５８１７
　　　業務　０３-５３９５-３６１５

本文データ制作　講談社デジタル製作

印刷所　豊国印刷株式会社

製本所　株式会社国宝社

定価はカバーに表示してあります。
落丁本・乱丁本は購入書店名を明記のうえ、小社業務宛にお送りください。
送料小社負担にてお取り替えいたします。
なお、この本についてのお問い合わせは、文芸第三出版部宛にお願いいたします。

ISBN 978-4-06-524631-3　N.D.C.913 319p 19cm